Casi todo desaparece

Verónica Ramírez
Casi todo desaparece

Papel certificado por el Forest Stewardship Council®

Primera edición: junio de 2024

© 2023, Verónica Ramírez
© 2024, Penguin Random House Grupo Editorial, S. A.
Avenida Ricardo Palma 311, Oficina 804, Miraflores, Lima, Perú
© 2024, Penguin Random House Grupo Editorial, S.A.U.
Travessera de Gràcia, 47-49. 08021 Barcelona

© Diseño: Penguin Random House Grupo Editorial, inspirado en un diseño original de Enric Satué

Penguin Random House Grupo Editorial apoya la protección de la propiedad intelectual. La propiedad intelectual estimula la creatividad, defiende la diversidad en el ámbito de las ideas y el conocimiento, promueve la libre expresión y favorece una cultura viva. Gracias por comprar una edición autorizada de este libro y por respetar las leyes de propiedad intelectual al no reproducir ni distribuir ninguna parte de esta obra por ningún medio sin permiso. Al hacerlo está respaldando a los autores y permitiendo que PRHGE continúe publicando libros para todos los lectores. De conformidad con lo dispuesto en el artículo 67.3 del Real Decreto Ley 24/2021, de 2 de noviembre, PRHGE se reserva expresamente los derechos de reproducción y de uso de esta obra y de todos sus elementos mediante medios de lectura mecánica y otros medios adecuados a tal fin. Diríjase a CEDRO (Centro Español de Derechos Reprográficos, http://www.cedro.org) si necesita reproducir algún fragmento de esta obra.

Printed in Spain – Impreso en España

ISBN: 978-84-204-7917-0
Depósito legal: B-7899-2024

Compuesto en MT Color & Diseño, S.L.
Impreso en Unigraf, Móstoles (Madrid)

AL79170

A Tatjana Velikopoljsky de Bulos.
A mis hermanas, Mali y Nabila.

*We look at the world once, in childhood.
The rest is memory.*
                    LOUISE GLÜCK, «NOSTOS»

1

¡Vera, Alex, Misha! El viento traía nuestros nombres y nosotros corríamos alejándonos de aquellas voces, evitando reconocernos en nuestros propios cuerpos, convirtiéndonos en otros, unos a los que nadie buscaría al caer la noche.

Podía oír su respiración. Alex avanzaba a toda prisa, pegando unas zancadas kilométricas que yo trataba de imitar, pero mis pies, hundidos en el fango, no respondían a la velocidad de mi mente. Deberíamos volver, pensaba. Esto no está bien.

Misha y yo sabíamos que para formar parte de un ejército debíamos obediencia al coronel y hacía poco más de una hora que el nuestro, Alex, nos había revelado la grieta en una montaña donde escondía su arsenal. Para ingresar a esta cueva teníamos que escurrirnos como gatos. Por dentro, el espacio era más amplio que nuestro refugio antiaéreo. Era un búnker natural donde uno esperaría encontrar una pintura rupestre, pero en lugar de figuras prehistóricas nuestra cueva escondía dos escopetas, una pequeña montaña de cartuchos, una pistola, una granada y dos cuchillos carniceros.

Así que este es tu secreto, Alex. Esto es lo que tanto escondías, dijo Misha.

Alex introdujo la mano en el bolsillo derecho del pantalón y sacó un sobre. Contenía un polvo gris parecido al grafito de un lápiz. Por la delicadeza con la que manipulaba la sustancia —como si acariciara un gorrión herido—, deduje que era algo valioso y frágil. Esparció el polvo con paciencia hasta formar una línea sobre la tierra. Del bolsillo izquierdo sacó una caja de fósforos, encendió uno y lo dejó caer. El pequeño fuego falleció antes de llegar a su destino y Misha lanzó una carcajada que retumbó dentro de la cueva natural. Alex volvió a intentarlo y esta vez vimos cómo la pequeña flama descendía ignorante de su poder.

Estallaríamos. Lo intuía con la misma claridad con la que podía definir el olor que emanaban nuestros cuerpos desaseados, un olor pesado y avinagrado como de leche cortada. Hacía no mucho tiempo que mi cuerpo despedía una pestilencia que me hacía parecer otra persona. En ese momento, delante de la llamarada que haría estallar nuestro fortín, podía percibir con más fuerza mi hedor zorrino y asustado, mi sudor agrio.

El fuego desafió la gravedad, cayó lento y hasta con gracia. Al tocar el suelo provocó un chispazo corto, alto e inofensivo, y Misha volvió a soltar una risotada. El armamento no la impresionaba, la escena de la pólvora le había parecido una pirotecnia boba. Dijo que si Alex era nuestro coronel ella necesitaba una prueba de su valentía, un acto heroico que mereciera nuestro respeto y obediencia.

Para matar a un hombre, yo solo necesito de mis propias manos y una piedra. Tú, ¿de qué eres capaz, Alex?

En veintiún minutos anochecería, la temperatura descendería cinco grados y yo desearía con todas mis fuerzas estar en casa al abrigo de mis padres, de un fuego sano y, con suerte, de un trozo de pan. En cambio, Alex nos conducía hacia el sendero de barro y piedras. La tierra se tambaleaba al mismo tiempo que sus botas horadaban el suelo. Ya no era él quien enfilaba hacia el lago. Un monstruo o una fiera se había apoderado de su cuerpo y ahora pesaba lo que un mastodonte.

Nuestros nombres. Vera, el mío. La mujer con fe, la mujer que cree, decía mi madre, la devota capaz de actuar siempre con cordura ante el peligro porque una fuerza mayor guía sus pasos.

A lo lejos oía ese nombre, V-e-r-a, que en cada letra contenía el peso de una responsabilidad indeseada.

Uno no se cuestiona si eres la persona a la que llaman cada vez que escuchas tu nombre. Es un acto reflejo. Simplemente contestas, devuelves la mirada, el gesto, la llamada. Sin embargo, aquella noche frente al lago, mi nombre era el sonido más extraño que yo le había oído jamás a un ser vivo. Era un sonido exagerado, profundo y aterrador. No me reconocía en esas letras que brotaban del fondo de la tierra. De ninguna manera podíamos ser nosotros a quienes llamaban con ese pavor.

Tal vez deberíamos volver, pensaba, pero había un ímpetu que no era capaz de frenar, un punto de no retorno, un camino dibujado, y me dejé llevar a pesar de las voces, de la noche y de la intuición de que algo estaba a punto de torcerse. Había un miedo susceptible de ser calculado aritméticamente. Para obtener la cifra exacta podía sumar el diámetro del lago + la profundidad del lago + la distancia que mediaba entre mi casa y el lago + la distancia que mediaba entre mi casa y la luna, esa luna generosa que aquella noche se convirtió en nuestra única linterna.

Hasta que una nube la apagó.

Llegamos a la orilla. Alex se había quitado la camisa y los zapatos y movía los brazos como si fueran dos molinos. Sabíamos que nadie lo había hecho antes y sabíamos también que ese sería el acto heroico que sellaría nuestra fidelidad al coronel.

Recuerdo los dedos de sus pies clavados en la arenisca y un kilómetro de agua dulce como un bloque de cemento por delante. No hace falta que nos pruebes nada, Alex. Yo creo en ti hasta la muerte. Lo pensé, pero no lo dije. Y Misha tampoco. Muy por el contrario, se burló. No serás capaz. Tú no puedes. Y farfulló algo sobre redefinir el concepto de acto heroico y sustituirlo por un acto menor, como robarle manzanas al vecino.

Alex se sumergió en el agua oscura de la misma consistencia que el chocolate caliente o, quizás, el petróleo. A esa hora, el viento soplaba con tal intensidad que las hojas de los árboles caían como lluvia sobre nosotros. Aunque cielos brillantes y despejados también contienen truenos mortales, el clima borroso y desequilibrante era el que cualquier dios hubiera elegido para ambientar una tragedia. Lo presentía claramente mientras Alex se abría paso con esos largos brazos que dividían en dos nuestro querido lago, el lago de nuestros juegos, pero también el de nuestros respetos y reverencias porque nunca nos habíamos atrevido a ir más allá de donde nuestros pies perdían el piso.

Se ahogará. No podrá hacerlo, musitó Misha. Y yo sentí que un hilo de rabia me recorría la espina dorsal, pero no me atreví a reaccionar con la furia correspondiente. Me encontraba congelada frente a la imagen de Alex hundiéndose para siempre.

Se dará la vuelta cuando vea que la otra orilla está muy lejos y que ya no es capaz de dar una brazada más. Volverá. No sé si lo dije o lo pensé porque me distrajeron aquellas insistentes voces que traían nuestros nombres y nos buscaban en la noche ya cerrada.

Ninguno de los pensamientos trágicos que aparecían en mi mente tenían cabida en la mente de Alex. Él avanzaba brazada a brazada, araba el lago como un buey, mientras Misha y yo reajustábamos las pupilas para enfocar en la oscuridad ese punto cada vez más lejano.

Lo ha logrado, dijo Misha. Nuestro coronel llegó a la otra orilla y todavía tuvo fuerzas para levantar su largo brazo y hacernos una señal. Ahora que lo pienso, quién sabe si dibujó la V de la victoria con los dedos o era su forma de pedir auxilio.

Debió quedarse de ese lado y volver caminando. Hubiera tardado más, pero quizás se podría haber encontrado con algún alma buena en el camino. Todavía quedaban algunos hombres nobles en nuestro pueblo que podrían haberlo acercado a nuestro lado del mundo.

Pero no lo hizo. Alex era testarudo y Misha le había tocado el sentido del honor. No era necesario probarnos nada, lo hubiéramos seguido igual. Él quería tener un ejército de verdad, formar parte de esos hombres que abandonaban sus casas para adentrarse en el bosque y vivir agazapados esperando el momento de atacar, como las bestias salvajes o los cazadores. Pero papá no lo dejaba. Sobre mi cadáver, decía, y lo obligaba a seguir usando pantalón corto, aun cuando cada día se le ensortijaban más los pelos de las piernas y una sombra le coronaba el labio. Con esa apariencia de niño grande, ningún ejército lo reclutaría. Ni los de los bosques ni los uniformados.

Eres un niño, Alex. Eres mi niño, le decía mamá. Y Alex bajaba la mirada y golpeaba la mesa, la silla, la pared. Cualquier superficie era buena para amortiguar su infancia.

Alex quería un ejército y nosotras formar parte de su regimiento. Él quería ser el coronel, imponer un código de obediencia y que nos sometiéramos a sus estrategias. Ningún rango cosido del hombro nos identificaría, seríamos sus lacayas, su carne de cañón, la escoria del escalafón, las futuras madres de valerosos soldados y las que alimentan a los necesitados, pero jamás las que pelean. Y eso nos parecía muy injusto. ¿Quién había encontrado la granada entre los hierbajos del almendro? Misha fue la que descubrió una de las escopetas y enderezó la mira telescópica. La granada la vi yo a lo lejos, parecía un racimo de uvas podrido. Tuvimos suerte de que los hijos del lechero no la descubrieran antes.

Misha quería ser francotiradora. Se entrenaba con piedras y objetivos móviles: gallinas, perros, gatos. Una vez le dio a un ratón con una piedra. Era buenísima. Y rápida. Yo me sentía más proclive a la protección y el cuidado. No me gustaba el combate, prefería tratar a los heridos en una carpa o en un búnker, pero sin duda en el centro de la acción y no en un hospital improvisado en la escuela del pueblo. Mi naturaleza protectora y la devoción a Dios que por entonces profesaba me colocarían, tarde o temprano, en algún tipo de santoral. Pasaría a la historia como la enfermera abnegada que curó milagrosamente a todo un pueblo con gasa, alcohol y unas manos sobrenaturales. Cuando pensaba en ello sentía una vocación rotunda y, a la vez, un llamado del cielo. Prefería la sangre ajena, prefería mil veces tener que coser heridas y entablillar brazos dentro de una tienda de campaña que estar expuesta a que me disparasen en el teatro de operaciones. En cambio, Misha y Alex querían internarse en los bosques, partirles la crisma a los enemigos y celebrar victorias en tabernas llenas de alcohol y humo.

Vimos que algo se movía. Era Alex. Volvía. El agua lo zarandeaba y perdía la línea recta, se movía en zigzag, como si nadara dos lagos en vez de uno. Se le agotará el aire de los pulmones y se le secarán como dos higos viejos, pensaba. Una luz de bengala en el cielo nos hizo desviar la mirada. Sería alguien pidiendo auxilio o el anticipo de otro bombardeo, pensé. Cuando nuestros ojos volvieron al lago, ya no vimos nada. Alex había desaparecido y el agua, de pronto, entró en calma, como si un monstruo maldito hubiera aplacado su hambre devorando a un niño que quería dejar de serlo.

Pidamos ayuda, le dije a Misha. ¿A quién?, me contestó. Yo adoraba a Misha, pero esa noche sentí cierta crueldad en sus palabras. Tal vez la crueldad era contagiosa o hereditaria y se le había pegado como la varicela que nos brotó el último invierno. Sentí, por primera vez, un desprecio, una incongruencia, una incompatibilidad que nunca antes había sentido hacia Misha. Debió ser un desprecio defensivo para no asumir la parte de responsabilidad que me correspondía. Sentí la necesidad de culpar a alguien de la confusión que estábamos viviendo. Eso pensé. O eso pienso ahora que recuerdo aquel instante de una manera tan vívida que todavía siento el calor corporal, el bochorno de la vergüenza por haber tolerado un acto que a todas luces era un suicidio. Porque, objetivamente, ¿quién en la inmensidad de la noche podría venir a iluminarnos y rescatar a Alex? Estábamos las dos solas frente a la naturaleza, girando sobre nuestro propio eje. ¿Y si intentábamos rescatarlo? Yo no podía dar ese paso, las piernas no me respondían, creo que tampoco me salían las palabras, todo estaba grapado dentro de mí: mis ganas de salvar a Alex, mis gritos de auxilio, mis intestinos, mi estómago, mi deseo de retroceder o adelantar el tiempo. Estaba inhabilitada de ejecutar cualquier acción, pero Misha, siempre atrevida, lo hizo. Ella pudo. Ella siempre podía. Misha se lanzó al agua con los zapatos puestos, pero comenzó a llorar en cuanto perdió el piso. Entonces pensé que no era algo parecido a la crueldad lo que ella desprendía. Era miedo, un miedo que ella también podría haber calculado aritméticamente como yo. Sentí una profunda tristeza y arrepentimiento por haberme atrevido a odiarla, aunque sea por un segundo. Vuelve, Misha, vuelve, no hay nada que podamos hacer, me decía a mí misma. Empecé a correr rumbo a nuestra casa, pero a mitad del recorrido di media vuelta y volví al lago. Se me había olvidado el camino, mis piernas parecían haber perdido algún tipo de brújula interior. ¿Cómo podría formar parte de un ejército si en mitad de la noche no era capaz de reconocer mis propios árboles?

Me guiaron los gritos de Misha y esta vez sí corrí en dirección a mi nombre. Allí estaba Alex, nuestro coronel en tierra firme, ayudando a vomitar a Misha que, del susto y de haber tragado tanta agua mientras intentaba llegar a la orilla, estuvo a punto de ser ella la que moría.

Alex se sorbió la nariz con dignidad y luego se limpió los mocos con el antebrazo. Había crecido tanto en los últimos meses. Nunca lo vi más hermoso que aquella noche, cuando tiritaba de frío y yo podía escuchar el crujir de sus dientes. Mi hermano temblaba sin control, pero también irradiaba un aire de superioridad y fortaleza que yo emparenté para siempre con el de un héroe.

2

Yo nací bajo el reinado de un niño y estoy segura de que en alguna constelación se debió dibujar un destino maléfico. Los nacidos en el reino de un niño serán condenados a vivir la adultez precozmente. Esa debió de ser la orden porque, en algún lugar del inconsciente, que alguien de tu misma generación ocupara el cargo más importante del reino nos predisponía a crecer más rápido y, por lo tanto, a hacer cosas de mayores. Bajo el reinado del niño Pedro II, yo empecé a actuar como adulta y la primera cosa de grandes que hice fue mirar a mis padres como si ellos fueran niños.

La historia del niño rey no la recuerdo, la leo en el *Almanaque Mundial* de este año, que el bueno de mi marido me regaló las navidades pasadas con una marca en el país que me vio nacer. Alfonso sabía más que yo de estas cosas, de todas las cosas en realidad, pero era tal el laberinto de reinos, religiones y etnias que yo no comprendía, aunque él tuviera el detalle de dibujarme un esquema en el cerebro. Tú naciste en un reino, me decía, que luego fue invadido por un montón de otros países. El rey tuvo que huir y a cambio les dejaron un títere carnicero y de ultraderecha.

De ellos sí tengo un vago recuerdo. Se llamaban ustachas y nos hicieron librar una guerra interna contra nuestros vecinos, contra los judíos, los homosexuales, los gitanos y cualquier otra persona que se opusiera a su sentido del nacionalismo y la pureza étnica. No alcanzaron los niveles de exterminio industriales ni el terror burocrático de los campos de concentración alemanes, según me explicaba Alfonso, pero sus métodos también fueron particularmente sádicos. Si de niña me ponían delante a un nazi o a un ustacha, probablemente hubiera preferido morir a manos del primero. A esos dos grupos se sumaron los rebeldes partisanos, de quienes yo vivía enamorada solo porque Alex aspiraba a convertirse en uno de ellos, aunque ser una especie de héroes civiles no significaba que tuvieran las manos limpias. Los comunistas también mataban con eficiencia y naturalidad. Por otra parte, estaban nuestros vecinos leales a la monarquía caída, los serbios, con quienes habíamos convivido en relativa calma bajo el reino, pero luego, bajo el régimen de los terroríficos ustachas, se convirtieron en nuestros enemigos mortales. Todos ellos, todos nosotros, vivíamos enfrentados en el cielo y en la tierra. Si no morías o matabas bajo ese fuego cruzado, siempre te podías morir de hambre, de sed o de tristeza.

De todos estos enfrentamientos se nutrió mi infancia. En los tiempos en que me tocó nacer, la maldad era contagiosa, pero sobreviví. Yo me escapé de todo eso, me subí a un barco, después tomé otro, atravesé un océano y llegué a las costas de otro planeta, donde vivo ahora. Prácticamente he olvidado mi lengua materna y con ella casi todo lo demás, pero hay imágenes que regresan a mí con una frecuencia insoportable, unos recuerdos que no se destruyen, no se doblan, no se trituran.

Un lago, tres niños, la guerra. Ese es el recuerdo que vuelve a mí de manera más nítida, como si aquel hermano mío que casi muere ahogado aún estuviera en peligro y su vida dependiera de algo superior: un tornado, un tsunami, la gracia de Dios o todas esas cosas juntas. No es mi recuerdo más triste, ni más traumático, ni más feliz. Es solo una escena que aparece en momentos inesperados y que a veces dudo si realmente ocurrió, si yo la inventé o si estuvo a punto de ocurrir, pero, realmente, nada pasó. Pienso en esas cosas mientras miro cómo la bolsita de manzanilla tiñe el agua que hace unos minutos llevé a ebullición. De la misma manera que la manzanilla cambia la naturaleza del líquido, el recuerdo del lago transforma mi estado de ánimo lentamente. Qué episodios verdaderamente ocurrieron, qué porcentaje de mi vida he nutrido con recuerdos inventados. Trato de trazar una línea que divida la realidad de la fantasía, pero el recuerdo es un lugar difuso para mí. En retrospectiva, me cuesta fijar un instante, definir las cosas que realmente pasaron en mi infancia.

En el invierno más frío, decían en la tele, llueve en Lima, la ciudad donde nunca llovía. Yo buscaba ese canal que transmitía la telenovela brasileña que Alfonso decía odiar, pero que, resignado, se sentaba a ver conmigo. En ella, un chico y una chica de un pueblo probablemente inventado se enamoran, son separados por pequeñas rivalidades y se encuentran años después cuando ya tienen otras parejas, pero la vieja pasión adolescente renace y las cosas se complican. Alfonso, por supuesto, antes de adivinar el destino amoroso de la pareja, prefería ver las noticias. El jodido de Bill Clinton está de safari en Botswana, me dijo aquella noche.

Entonces se fue a la cocina a traer un azafate con aceitunas, pan de centeno y queso fresco, que era lo que solíamos cenar todas las noches, a veces con una taza de manzanilla, pero siempre con una copa de un vino de mesa que él compraba por cajas de doce botellas y nos duraban, aproximadamente, un mes. A propósito de una publicidad de leche donde aparecía una pareja bailando un vals, le dije que me parecía que el ritmo era algo que se tenía o no se tenía, y yo, definitivamente, no lo tenía. Nunca es tarde para aprender a bailar, me dijo antes de que lo perdiera de vista, antes de que dejara de escuchar cómo sus pies se arrastraban por última vez en el pasillo que comunicaba nuestra sala con la cocina.

Cómo se mueven los bailarines, cómo mueven las caderas y elevan las piernas como ágiles karatecas. Hay tanta alegría en el movimiento, en cualquier movimiento, tanta belleza en los cuerpos que realizan acciones felices: bailar, saltar, cantar, practicar algún deporte. ¿Qué piensas, amor?, le pregunté. Pero Alfonso ya no respondía a su nombre. Uno no reflexiona si eres la persona a la que llaman cada vez que escuchas tu nombre, pensaba, y a mi mente volvía la escena del lago con mi amiga Misha y mi hermano Alex aquella noche cuando los adultos salieron a buscar a tres niños en medio de una guerra. Yo empleé ese mismo tono de voz salido de una caverna, pero Alfonso ya no respondió a su nombre.

Mi marido, mi amor, ya no era capaz de acudir al llamado de mi voz. Ya no era.

Un estallido. No era un plato con queso el que se hacía trizas, tampoco el sonido de unas aceitunas al desperdigarse sobre un suelo de ajedrez. No era el ruido de la botella al chocar contra el suelo, no era el vino estallando como la sangre que brota de un cuerpo abaleado. Era el último latido de un corazón inmenso.

Luego vino el silencio.

Un halo de luz como una flecha ilumina el salón que, desde que Alfonso no está, he convertido en mi habitación. En el patio interior inventé una cocina: una hornilla, un microondas y una refrigeradora demasiado grande para un par de manzanas, dos yogures y un trozo de mantequilla. Aceitunas ya no compro. Ni pan de centeno. Ni queso fresco. En vez de vino, bebo whisky. La habitación está donde antes era la sala y el dormitorio original lo uso como vestidor. Los espacios de mi casa ya no cumplen la función para la que fueron construidos. Cumplen la necesidad vital de darme luz. ¿Por qué tendría que dormir en un cuarto sin luz si tengo miedo a la soledad, a la oscuridad, a la noche cerrada, a no despertar?

Paseo mis dedos por los lomos de los libros que pertenecieron a Alfonso, los que leímos juntos, en ocasiones a medias, otras en voz alta y, la mayoría de las veces, cada uno por su cuenta. Deseo con todas mis fuerzas vivir dentro de cualquiera de esas historias. Quiero vivir otra vida, protagonizar argumentos en los que no tenga que mirar por la ventana sino salir, cabalgar, subirme a aviones, bucear, trabajar en un edificio altísimo, ser política, activista, repartidora de leche recién ordeñada, visitar Estambul, Tokio, São Paulo, Oslo, Madrid. Quiero volver a tener ese ímpetu y energía, el dominio de todas las partes de mi cuerpo, bailar como en los programas de la tele o simplemente bailar. No quiero tener miedo de darme una ducha, tropezarme y romperme la cadera. No quiero sentir un terremoto óseo cuando el peldaño resulta más alto de lo que calculé. No quiero que una escalera sea el Everest y una actividad aparentemente simple, como ir a la bodega, un acontecimiento. Me gustaría mirarlo todo desde arriba por un momento. Al ras del suelo, en este parque enfrente de mi casa por el que camino todas las tardes, pienso que voy a morir, como ha muerto Alfonso, quien ha tenido la pésima idea de irse antes que yo, dejándome la cuchara con restos de pudín de chocolate en el congelador, la camisa manchada de salsa de tomate en la ropa sucia, el recibo de la luz sin pagar, su cigarro humeante sobre el cenicero, sus zapatos a la entrada de la casa, la billetera en el saco, un rompecabezas de *El Jardín de las Delicias* de El Bosco con el infierno a medio terminar. Yo le tenía prohibido comer chocolate por eso del colesterol alto, le tenía prohibido el desorden de sus cosas, dejar las llaves en lugares que no fuera capaz de recordar, desorganizar los cuchillos al mezclarlos con los tenedores o arrojar la toalla húmeda sobre el sofá, pero él se las ingeniaba para cometer errores con mucha gracia, para desordenar a escondidas, como el niño que oculta los caramelos, como el niño que a veces era y yo acunaba entre mis brazos para mentirle con dulzura, para decirle que lo perdonaba, que todo estaba bien.

Camino por un paisaje de niebla espesa, de donde surgen recuerdos como piedras y árboles aislados. Y entre esos árboles y en medio de ese bosque aparece Alfonso, con su mostacho delgado y sus hombros estrechos, mirándome a través de una ventana y haciendo visera con la mano derecha. Cuando joven yo sentía vergüenza de estar manchada de dolor, impregnada de sangre, pensaba que el dolor era traslúcido, que las personas con las que coincidía eran capaces de leer algo aterrador en mi mirada, en mi ropa, en mi andar. Alfonso nunca vio eso. O quizás vio todo eso, pero no le importó.

El dolor se hereda, me decía. Se hereda como se hereda una mirada, la forma del talón, el color del pelo o un hábito tan mortificante como morderse las uñas. Y quizás por eso, me explicaba como a una niña, cuando en un semáforo te asalta un vendedor ambulante ofreciéndote un exprimidor de naranjas o entras a un supermercado y buscas una gelatina, sientes una inquietud, un ligero desasosiego, una sensación ilógica. Podrás atribuir el malestar a un montón de cosas, pero yo te puedo asegurar casi científicamente que es algo anterior a ti, algo que ocurrió en ti cuando ni siquiera tenías palabras para explicarlo. Y debes dejarlo ir.

Alfonso ya no está para decirme todas esas cosas que a mí me gustaba escuchar y yo conjuro a algún espíritu, a un tarotista imaginario con el que pueda conversar. Eso hago diariamente desde que él no está, con una manzanilla que calienta mis manos o con el whisky que ha sustituido su vino rancio y sin cuerpo. Me evado hacia los recuerdos que ya no podremos rememorar juntos porque ahora son solo míos, hasta que un ruido de fondo —pájaros, perros, bocinas, niños— me abre los ojos y me devuelve al dolor de rodillas, a la artritis, a la necesidad de cambiar el rumbo de la tarde y caminar hacia el supermercado a comprar yogures.

Alfonso ha muerto hace treintaiún días y yo casi no he salido de casa desde entonces. Me cortaron la luz por falta de pago porque él se encargaba de esas cosas. Me he quedado un par de días en penumbra por el horror que me producía tener que salir y enfrentarme a mi nueva condición de viuda en exteriores. Aquí el tiempo transcurre en la medida en la que avanzan los episodios de una telenovela brasileña que habla de un buen querer que, previsiblemente, sufre muchas dificultades, separaciones, distancias y enredos. Nuestro amor fue mucho más simple. Nos teníamos. Nos tuvimos siempre. Podría haberme muerto yo en vez de él, podría haberme muerto con él, pero estoy segura de que eso no le hubiera gustado. Yo nací bajo el reinado de un niño y sé que en alguna constelación se debió dibujar un destino maléfico, pero Alfonso desvió ese destino, forzó a las estrellas y enderezó el sol para que apuntaran siempre sobre mi cabeza. Yo no me puedo morir ahora porque, como dijo antes de que le estallara el corazón, nunca es tarde para aprender a bailar.

3

A la semana siguiente de su momento heroico en el lago, Alex empezó a sentar las bases del que sería nuestro ejército. Se ofrecía como voluntario en tareas pesadas como cortar la leña, llevar sobre sus hombros los baldes de agua, recoger la fruta, arar la tierra y encender la hoguera para asar nuestros escasos alimentos. La parte que me tocaba consistía en perseguirlo y asistirlo en la medida de mis fuerzas. Aunque no me gustaba mancharme el vestido, teníamos que entrenarnos, estar fuertes y sentirnos ágiles para hacer frente a los enemigos.

Hacer frente a los enemigos. Así hablaba Alex. Ya llegan. Vendrán. Aunque no sabíamos de qué color serían sus uniformes, ni cuáles serían sus modales o su idioma, nuestro deber era capacitarnos para ser útiles en algún momento.

Mi experiencia iniciática para evitar morir por decisión de otros fue, paradójicamente, aprender a matar a los demás.

Alex me condujo al granero donde todavía contábamos con algunos animales: una vaca con las ubres secas, gallinas escuálidas, un cerdo (por el que sentíamos un gran cariño y apodábamos, indistintamente, Vera o Alex en función de quién estaba más sucio ese día) y conejos, que al principio de los tiempos se reproducían a gran velocidad, aunque luego fueron haciéndose más pequeños y menos fértiles.

A sus catorce años, mi hermano labraba la tierra con la fuerza de una bestia de carga. Mamá trataba de infantilizarlo ofreciéndole mimos que él esquivaba con amargura, mientras papá le explicaba las técnicas para convertirse en un hombre de verdad, que básicamente consistían en resistir el dolor, no quejarse, acatar órdenes, llegar puntual a la mesa, montar a caballo como un soldado y, bajo ningún pretexto, llorar.

Sobre su hombría, Alex había construido dos pilares incuestionables. El primero era que había nacido con bigote. Fue un bebé rollizo y muy desarrollado gracias a las habilidades de nuestro padre, quien solía dar palmadas al aire a dos centímetros de los ojos del recién nacido para entrenar los reflejos de un futuro guerrero. El bebito fornido había nacido con un mostacho que al año ya peinaba con las mismas manos enfangadas con las que supuestamente algún día dispararía cañones y dirigiría un batallón. Yo no tenía cómo comprobar la anécdota. Nací dos años después, pero nuestros padres, sobre todo mi padre, guardaba un gran respeto por la leyenda. Nunca la negó y hasta se atrevió a decir que le rebanó el mostacho a tan temprana edad que no le había vuelto a brotar con la misma fuerza desde entonces. Pero le crecería, antes o después llegaría a tener un bigote ancho y tupido.

El segundo pilar de su virilidad era su afición al aguardiente. Decía que los hombres valerosos, como él, aprendían a beber y a disparar antes que a masticar sólidos. En mi cuerpo no existía un solo espacio para la duda. Todo lo que decía Alex era verdad y yo le creía más que a la palabra de Dios.

Aquella mañana, nuestro coronel por decisión unilateral cogió al conejo por las patas y las estiró como si fuera un acordeón. Una vez que tuvo al animal en tensión, me animó a ser yo quien le diera un golpe en el cuello para dejarlo inconsciente. Lo ideal era colocarlo en la axila y retorcerlo hasta romperle la columna. Trac, trac. Pero opté por un estilo más karateca. Tenía que hacerlo rápido para que no huyera y tenía que hacerlo con la misma fuerza con la que había ensayado el golpe sobre una almohada.

El ensayo ocurrió días antes, cuando definimos el significado de golpe seco. Un golpe seco se podía dar, por ejemplo, con el palo de una escoba en la nuca. Pum. También podías clavar dos dedos rígidos en los ojos del enemigo, pero esta opción implicaba muchos riesgos de precisión porque dependíamos de la altura del contrincante.

Otra variedad de golpe seco era una patada directa a los huevos, pero nunca la pudimos llevar al terreno de la práctica porque Alex no quiso hacer de modelo. De todas formas, quedó fuera de lugar porque nos resultó imposible identificar el sexo del animal.

Hacer frente al enemigo con valentía. Esa era otra de las frases que Alex repetía como parte del decálogo bélico que estábamos por inventar. Así que elegí mi golpe seco para sacrificar al conejo. Lo haría con el canto de la mano derecha y en la nuca, lo haría con fuerza y precisión, lo haría como una buena alumna para que mi maestro, mi hermano adorado, estuviera orgulloso de mí.

Y eso hice. Le di un golpe al pobre conejo y en un acto reflejo me dolió la rodilla izquierda por la fuerza con la que mi pierna rebotó contra el suelo. Alex desenfundó el cuchillo de cocina que llevaba atado con una cuerda a la cintura y degolló al animal de un solo trazo, perfecto, impecable, una obra maestra.

La sangre empezó a brotar. No me imaginaba que podía ser tan densa ni de un color tan oscuro. No se parecía en nada al rojo brillante, a la delgadísima sangre que alguna vez había manchado mis rodillas. Esta era casi negra. El animal todavía estaba tibio cuando mi hermano lo acercó a la acequia para que terminara de desangrarse y yo, instintivamente, me sequé los dedos manchados en el vestido, dejando mis huellas dactilares —las huellas dactilares de una asesina— impresas en mi traje de domingo.

Quería lavarme, quería borrar mi delito y me acerqué también a la acequia para remojarme. Los ojos me ardían. ¿Qué habíamos hecho? La sangre empapaba el pelaje del conejo, ahora transformado en una cosa, en un bulto sin energía donde hasta hacía solo un momento había movimiento y había vida.

Antes de que eso ocurra, la existencia y el sentido de la vida no se cuestionaban. Teníamos una casa, muchos árboles y enfermedades inofensivas que curábamos con infusiones y ungüentos. La única agresividad que conocíamos era la del gallo buscapleitos al que una vez papá le cortó la cresta con una tijera para rebajarle los humos. Hasta entonces, el único encuentro con la muerte era de corte bíblico y estaba relacionado al sacrificio de corderos que luego horneábamos para acompañar celebraciones religiosas.

Está muerto, Alex. Tendremos que esconderlo o morir con él, pensé. O quizás lo dije. Con mayor seguridad lo pensé porque más miedo que la muerte me daba expresar debilidad frente a mi hermano.

A lo lejos vi a papá sobre nuestro caballo y deseé, por la velocidad de su galope, que ojalá las herraduras estuvieran bien martilladas para que no le volviera a hacer otra corveta. Qué buen jinete era papá y qué rápido venía hacia nosotros, sus hijos: un hijo con un conejo degollado entre las manos y una hija con el vestido manchado de sangre. Habíamos hecho el trabajo sucio por él. Estaría orgulloso de que fuéramos nosotros los que aprendimos a matar primero. ¿Cuál sería el premio a nuestro arrojo? ¿O existía la posibilidad de que nos castigara? A lo sumo nos obligaría a despellejar el cadáver, cosa que no me desagradaba del todo porque podría guardarme la cola y convertirla en amuleto, un amuleto que guardaría para siempre como recuerdo de nuestra hazaña.

Sin desmontar, papá cogió del pescuezo a Alex y lo sacudió como minutos antes él había zarandeado al conejo. Luego le arrancó de las manos al animal y lo levantó de las orejas con un puño cerrado que, para mí, contenía toda la fuerza del universo. El conejo tenía los ojos entreabiertos. Si realmente existía la vida después de la muerte, como decía la Biblia, el conejo nos miraba desde el más allá de los animalitos con un odio auténtico.

Papá se dirigió a Alex desde su altura imposible. A mí, como si no existiera o fuera invisible, ni siquiera me dedicó un parpadeo.

Imbécil, le gritó, has matado a una hembra.

4

Alfonso y yo vivimos en la calle Tizón y Bueno desde que nos casamos, en 1961, en un departamento modesto, decorado con los muebles de madera y terciopelo verde botella que heredamos de su madre y que, debido a nuestros cuidados, nunca tuvimos la necesidad de cambiar. La sala, donde pasábamos la mayor parte del tiempo, tenía dos asientos orejeros con estampados de flores otoñales. Desde aquí controlábamos el mundo, nuestro mundo, es decir, la tele, los periódicos, los libros, las conversaciones y las esporádicas visitas que recibíamos. Solo había un elemento que me disgustaba, pero al tratarse del único legado de mi suegro no estaba en discusión eliminarlo. Era un cuadro, una escena de caza en la que dos hombres con chaquetas rojas cabalgaban a través de un bosque frondoso seguidos de una jauría de galgos con perdices en la boca.

El edificio tenía cuatro pisos y una azotea para colgar la ropa donde las vecinas conversábamos y lavábamos nuestras intimidades domésticas. En la planta baja vivían los Muñoz, una familia compuesta por papá, mamá y cinco hijos entre los ocho y los quince años. Los chicos Muñoz eran horribles, monstruosos, siempre mal peinados y desaliñados, pero lo peor de todo es que hacían un ruido infame todo el tiempo. Hasta el patio interior llegaban insultos, el sonido constante de una pelota que rebotaba en todas partes, los gritos de la desesperada madre por calmar a sus fieras y el bullicio de riñas y golpes descontrolados.

En una apacible mañana de verano, cuando cocinaba con la radio puesta en los boleros del mediodía, un grito parecido al ladrido de un perro interrumpió la historia de un amor como no hay otro igual en la voz de Eydie Gormé. Desde entonces, el recuerdo de la papa a la huancaína que tanto le gustaba a Alfonso se mezcla con el desafortunado suceso que convertiría a esas lacras de niños en los Terribles Muñoz.

El evento que vino a enturbiar las relaciones de las vecinas, antes risueñas lavadoras de trapos sucios, ocurrió cuando el mayor de los Muñoz inventó el juego de la cerbatana con papel higiénico mojado. Por las tardes, al llegar del colegio, Lucho, Paco o Pepito —imposible otorgarles una identidad a los Muñoz— se acodaba en la azotea y, desde lo alto, lanzaba sus proyectiles a todo aquel que ingresara al edificio.

Con el tiempo, el niño Muñoz perfeccionó la técnica aplicándoles pegamento a sus municiones. Al principio nos dio risa la travesura, pero un día, uno de los vecinos se quejó con la madre: el cartero había sido herido en la nalga derecha y un vendedor de biblias había recibido el impacto de papel mojado en tinta sobre su camisa blanca.

Aquella mañana, en plenas vacaciones escolares, el vecino Betito fue herido en un brazo y, a manera de venganza, según reconstruimos los hechos después, subió sigiloso a la azotea y bañó al niño Muñoz con una elaborada sustancia compuesta de harina, arroz, agua y caca de perro.

La madre de los Muñoz le fue a pedir explicaciones a la madre de Betito y el altercado entre las dos defensoras de sus pequeños agresores se oyó en todo el edificio. Beto se vio obligado a pedir perdón, pero el más Terrible de los Muñoz planeaba una venganza mayor. Esperó con paciencia unos días para que todos pensáramos que las aguas se habían calmado, pero en cuanto su víctima reapareció en la azotea apuntó su cerbatana con odio. Esta vez eligió una pequeña piedra como munición. Tuvo tal puntería que le dio a Betito en el centro de la córnea, reventándole la pupila y dejándolo medio ciego para siempre.

Ese verano, el niño Paredes estrenó ojo de vidrio y pasó a ser conocido como el Tuerto Paredes.

Desde entonces, los Paredes y los Muñoz polarizaron las conversaciones en la azotea. O estabas con los unos o estabas con los otros. Después de una larga reflexión, Alfonso y yo decidimos quedarnos con el chico Paredes. De todas formas, ya odiábamos a los Terribles y el niño Tuerto, en cambio, siempre había sido muy servicial con nosotros. Así fue como me sentí cada vez más cerca de Angelita, su madre, un cielo de mujer que, con el tiempo, cuando tuvimos que poner las rejas en el edificio porque nuestro barrio dejó de ser un lugar seguro o las grandes casas de la zona se comenzaron a convertir en edificios y los vecinos nos empezamos a unir para quejarnos de la falta de estacionamientos en nuestra cuadra, me di cuenta de que, en realidad, era mi única amiga.

Fue ella quien me ayudó a organizar el funeral de Alfonso y fueron los Terribles, ya hechos unos hombres enormes como roperos y brutos como tarugos, los primeros en acudir al velorio sin que yo supiera todavía —pasados casi cuarenta años desde el primer día que aparecieron en mi vida— quién era quién ni cómo se llamaban. La torada de Terribles siempre actuó en bloque. Ellos bajaron el cajón de Alfonso por las escaleras de madera que, decididamente, contribuyeron a desgastar y a envejecer con las suelas de sus zapatillas. El Tuerto no pudo asistir al funeral, aunque me envió una nota muy cariñosa donde recordaba la Navidad en que Alfonso le regaló su primera pelota de fútbol. Después de una extraordinaria carrera universitaria de Ingeniería, el Tuerto Paredes consiguió una beca para una universidad en Estados Unidos y se fue a Boston, donde luego fue contratado por una empresa de telefonía, se enamoró de una chica de Míchigan, Arkansas o Utah, y tuvo un hijo rubio platinado. Angelita, que fue una sacrificada madre soltera, viajaba al menos dos meses al año a visitarlos y ellos siempre venían por navidades llenos de regalos, incluso para nosotros: un reloj despertador, un juego de lapiceros o unos chocolates que Alfonso agradecía con una tarjeta navideña protagonizada por un Jesús recién nacido. Gracias a los ingresos de su hijo, Angelita pudo jubilarse pronto del bufete de abogados donde trabajaba como recepcionista. De ser la madre del Tuerto, la mujer sin varón y la pobretona del barrio, como solían llamarla, había pasado a ser la envidia de la azotea con sus ropas de marcas impronunciables. De hecho, también dejó de subir a la azotea a colgar la ropa porque fue la primera en el edificio, y estoy segura de que en el distrito, en tener lavadora y secadora.

También fue ella, mi querida Angelita, quien me hizo la pregunta que yo ya me había hecho en la ducha, aunque confiando ciegamente en que el chorro de agua respondería por mí.

Vera, cariño, ¿qué vas a hacer ahora que Alfonso no está? ¿Te ha dejado plata? ¿Tienes ahorros?

Entonces, le conté la historia de Pan.

Pan era un bandido. Ni siquiera calificaba para Dios. Era un semidiós que deambulaba por los bosques. Dueño de una fortaleza brutal y una potencia sexual a la altura, Pan iba tras las ninfas y las muchachas para asaltarlas y someterlas. Era cazador, curandero y músico. Tocaba la siringa, ese instrumento de viento cuyo sonido hipnótico solo puedo imaginar. A Pan no le gustaba que interrumpieran sus siestas. Tenía el cuerpo de un hombre, pero también el de una cabra, estaba lleno de pelos y lucía cuernos. Era aterrador y malo. No malo en el sentido trascendental del término. Es decir, no era capaz de enviar una plaga y exterminar a un pueblo, no tenía un poder tan desastroso, solo intimidaba y tenía el don (o la desgracia) de generar terror y paralizar a todos aquellos que advirtieran su presencia. Tal era el origen mitológico del pánico, según leí en el libro de Edith Hamilton, que a veces consulto como una guía de los poderes mágicos que me hubiera gustado tener por haber nacido en un tiempo donde los dioses regían nuestros destinos, por haber formado parte de un mundo controlado por fuerzas superiores. En mi infancia no podías elegir el vestido, no podías elegir los zapatos, no podías elegir la comida, la bebida ni el tiempo para jugar o dormir. Tampoco el lugar donde te gustaría vivir. Todo se escapaba a tu voluntad. Había un dios, un demonio o un adulto que pensaba por ti, actuaba por ti y labraba tu futuro, si se te permitía tener uno. El mío lo construyó Pan.

Quiero contestar la pregunta de Angelita, pero en cambio le cuento la historia de Pan y de todo lo que produce un aumento de mi presión arterial, todo lo que me altera la velocidad del metabolismo, la glucosa, la adrenalina, la tensión muscular.

Le detallo mis miedos sin ningún orden de prioridad:
Miedo a la oscuridad.
Miedo a las polillas.
Miedo a los dentistas.
Miedo a las agujas.
Miedo a los sitios demasiado cerrados.
Miedo a los sitios demasiado abiertos.
Miedo a los ascensores (incluido dentro del miedo a los sitios demasiado cerrados).
Miedo a los aviones (lo mismo).
Miedo a no poder respirar.
Miedo a romperme la cadera.
Miedo a los terremotos.
Miedo al escándalo y la tragedia.
Miedo a la muerte.
Miedo a olvidar.

No sé, me dice Angelita. Reconozco que es horroroso cuando el dentista te mete el *tzzzzzzz* para pulirte las muelas, pero a esa lista de miedos inútiles y abstractos deberías añadirle uno verdadero: quedarte sin un lugar donde vivir. ¿Qué te ha dejado Alfonso, Vera?

Entonces me comenta acerca de los pasos a seguir cuando alguien muere. Lo primero, revisar todos los rincones de la casa para recolectar el dinero que el fallecido pudo dejar escondido y reunir en un solo lugar las cosas de valor. Tardamos cuatro whiskies en hacerlo y calculamos que, entre el auto, los relojes, los gemelos, los lapiceros, el dinero en efectivo, los tarjeteros, los gallos de pelea, los floreros de plata, los collares de la madre, el piano de la familia, el bendito cuadro de la cacería y el crucifijo de nácar, entre otros objetos que no tenía ningún interés en conservar, podría tener suficiente dinero para vivir sin preocupaciones, aunque con algunas estrecheces, al menos un par de años. Luego tendría que hablar con el socio de Alfonso en el negocio de las autopartes, pero de eso ya se encargaría ella. Lo primero era saber con cuánto dinero en efectivo podíamos contar, que aquí todos los días varía el precio del dólar y más te vale gestionar bien tu patrimonio, querida, me dijo.

Así como tenemos una partida de nacimiento también tenemos una partida de defunción, me explica Angelita, sin querer yo enterarme por qué sabía tanto de las cosas de la muerte. Porque cuando alguien muere, me dice como la profesora de colegio que imparte su lección, no se lleva a la tumba su número de DNI. Con la partida de defunción tú le devuelves al sistema el DNI para que este número sea reasignado a un nuevo ciudadano, probablemente uno joven, alguien que acaba de cumplir dieciocho años.

Me resulta imposible no pensar en la reencarnación, Angelita, le digo, mientras sujeto entre las manos el crucifijo de nácar. En lo que tienes que pensar, me contesta, es en qué te dejó exactamente Alfonso. ¿Ya hablaste con la compañía de seguros?, ¿ya fuiste a la municipalidad a decir que Alfonso murió?, ¿ya sabes cuánto vas a cobrar de pensión?

Angelita Paredes sigue hablando, pero yo ya me fui. Estoy en ese cuadro donde los hombres y sus perros buscan a su presa para aterrorizarla, como lo hubiera hecho Pan con las ninfas en esos bosques oscuros que probablemente nadie se atrevería a visitar jamás de manera voluntaria. La voz de Angelita suena cada vez más lejana y su silueta se deforma hasta perder los contornos, hasta desdibujarse y convertirse en una mezcla de colores que gira cada vez más rápido. Yo trato de enfocar la mirada en un punto y el punto es ese perro, ese galgo con la perdiz en la boca que persigue a un caballo o a un hombre en un lugar imaginado por otro hombre u otra mujer que, al pintar el cuadro y desde su lienzo, perseguía acaso algo mucho más grande, algo que no podría encajar en la mandíbula de un perro ni en el bosque más extenso.

Me acerco a la ventana a tomar una bocanada de aire, descorro la cortina, veo el sol que empieza a ocultarse. Las primeras sombras de la noche me extienden sus brazos. Yo sé lo que buscan y me da miedo lo que quieren, pero me siento atraída hacia la noche cerrada y acepto la invitación a sentarme a conversar con fantasmas en un idioma que prácticamente he olvidado.

5

Cuando la conocí, Misha me pareció una niña horrorosa, con una nariz demasiado grande, una altura desproporcionada para su edad, un pelo de un rubio muerto y unas ínfulas de saberlo todo. Teníamos casi la misma edad, solo nos llevábamos cinco días y trece centímetros de diferencia. Te voy a alcanzar en cinco días, le decía cuando saltábamos a la soga, cuando corría tras ella, cuando hacíamos competencia por ver quién se comía más cerezas, quién lanzaba más lejos una piedra o quién subía a la rama más alta del árbol.

A pesar de toda la animadversión que despertaba en mí, Misha se convirtió en mi mejor amiga desde el día en que vimos al monstruo.

Todos los años durante la primavera llegaba una caravana circense y se instalaba en las afueras del pueblo. Desde un mes antes de su llegada yo me convertía en una hija ejemplar y hacía grandes esfuerzos para merecer una visita a la feria. Me maravillaba ver cómo desempacaban universos de sus pequeñas maletas e instalaban una serie de coloridos compartimentos hechos de maderas carcomidas por el tiempo a lo largo de una calle polvorienta. Montaban atracciones de malabaristas y juegos de espejos, venían magos, payasos, un lanzador de cuchillos y ofrecían grandes premios en el tiro al blanco. En esa feria vi a un mono que sabía sumar mejor que yo y también a un perro equilibrista y bailarín de ballet, pero la zona que me atraía con la fuerza de un huracán era la pequeña carpa que albergaba a los fenómenos. Yo intentaba arrastrar a mis padres y hermano hasta la zona prohibida, pero mi madre tenía la teoría de que, después de ver a un fenómeno de feria, un niño quedaba atrapado en un miedo eterno. Cuando nos cruzábamos en el pueblo con un niño llorón e inconsolable, mamá no dudaba. Seguro ese niño ha visto un fenómeno. Ahora llorará para siempre porque el susto se le quedará atrapado en el cuerpo, pronosticaba.

La principal atracción de los dos últimos años había sido la Mujer Rana. Terrorífica. Insólita. Perturbadora, recuerdo haber leído en un cartel. Yo interrogaba a todos los que salían de la carpa con cara de aturdimiento y descompuestos: ¿cómo es ella en realidad? La mayoría bajaba la vista y movía la cabeza, lo cual solo aumentaba mi deseo de enfrentarme a esa bestia para mirarla fijamente a los ojos. Pero, para mi desconsuelo, el último año que la feria de atracciones llegó a nuestro pueblo, la Mujer Rana no vino. Alex me dijo que había muerto de forma trágica. Aparentemente, según me contó, el lanzador de cuchillos le había dado en el centro de la frente durante un ejercicio rutinario. De todas formas, añadió para consolarme, era difícil mantenerla hidratada durante los largos viajes.

En su reemplazo, me dio la primicia, este año tendríamos al Hombre Salvaje de Tasmania.

Una vez se escapó y se devoró a cuatro niños, aseguró mi madre. No existe la posibilidad de que te acerques a ese monstruo, Vera. A papá, el Hombre Salvaje y la Mujer Rana le daban exactamente lo mismo. A él solo le interesaba enderezar la mira de Alex para que le diera de lleno a todas las latas del tiro al blanco. Mi adorado hermano era genial con la escopeta de balines, se la colgaba al hombro con la naturalidad de un verdadero soldado y fue así, en ese gesto que le imprimía un aire de enormidad, como se compadeció de mi frustración, me lanzó una moneda al aire y, sin que mamá se diera cuenta, me dijo anda a ver a tu monstruo, boba.

La tienda de campaña improvisada estaba a oscuras. Se oían gemidos. Me ubiqué en la parte trasera, aunque no alcanzaba a ver la jaula donde el monstruo dormitaba porque las personas presentes, casi todos hombres adultos, eran mucho más altas que yo. En el desconcierto, giré la cabeza hacia la derecha y reconocí a Misha. Por miedo a traicionar mi agitación, di un pequeño paso al costado. Siempre había sentido un poco de desprecio por su altura y seguridad. Vivíamos muy cerca y habíamos cruzado muchas miradas, pero apenas algunas palabras. Aun así, me parecía que frente a una fiera siempre era mejor tener una aliada, incluso cuando esa aliada podía ser alguien que, en el fondo, me produjera cierto desprecio. Le toqué el hombro, decidida. Hola, Misha, le dije, soy Vera, tu vecina, y le extendí la mano derecha. Ella me devolvió una sonrisa llena de dientes torcidos y se sopló el flequillo que le tapaba los ojos. Yo descubrí una mirada transparente y acogedora que desvió mi mano con un abrazo. Tras un rápido repaso de arriba abajo, el único signo de debilidad que detecté en ella fue que se mordía los padrastros. Así que, como Misha era lo suficientemente alta para sacarme en volandas si el monstruo se fijaba en mí, dejó de parecerme una niña horrorosa para convertirse en la compañera ideal en mi primera incursión al territorio de los fenómenos.

Una luz ámbar se encendió de pronto y el Hombre Salvaje de Tasmania empezó a rugir. Era negro, gigante, tenía pelos chamuscados por el fuego y escupía una sustancia viscosa y roja.

Miren cómo se come esa rata, dijo uno.

Una respiración profunda derivó en estruendo. El monstruo gritó desaforado y empezó a golpear la jaula para intentar escapar.

Se han soltado los pestillos, creí entender.

Eso no es una rata. Le están dando de comer carne humana, me dijo Misha con total serenidad mientras se arrancaba los pellejos del índice derecho. Empecé a entender el miedo eterno del que hablaba mi madre. Era como un líquido caliente y gelatinoso que subía por mis pantorrillas hasta mi esternón, formando un nudo a la altura del estómago. En ese mismo momento me arrepentí de haber entrado, de haber visto al monstruo, de haber tentado a la repetición infinita del pánico que ahora se instalaba en mí.

La bestia llevaba puesta una especie de túnica inmunda y desgastada que se arrancaba a dentelladas. Cerré los ojos. Abrí los ojos. Vi una mano y la cogí, la cogí con todas mis fuerzas con temor a partirle los cartílagos. Esa mano tibia y húmeda me condujo confiada hacia la puerta de salida, donde un chorro de luz nos cegó completamente. En el exterior, la vida transcurría en calma. Las personas reían y comían helados. Los niños saltaban y los padres caminaban abrazados.

Te asustaste, me dijo Misha, y sin soltar su mano de la mía me retuvo durante un largo rato pegada a su cuerpo.

Dejamos atrás al Hombre Salvaje de Tasmania y, a lo lejos, vimos a nuestros padres conversar animadamente. Nos acercamos culposas y avergonzadas, pero luego nos dimos cuenta de que nadie había notado nuestra ausencia. Misha y yo caminamos juntas de regreso a casa bajo un cielo anaranjado. Yo tenía que girar el cuello y apuntar ligeramente la nariz hacia su mentón para que mis ojos alcanzaran los suyos. Quizás porque era más alta y aparentaba más años me inspiraba una admiración y un respeto que no me hubiera gustado transparentar. No quería que se me notara demasiado que me parecía una niña genial. Me sorprendió la cantidad de coincidencias existentes entre su biografía y la mía. Su madre también coleccionaba sus dientes de leche, íbamos a la misma escuela, vivíamos en el mismo pueblo, a las dos nos gustaba comer cerezas hasta vomitar y odiábamos a la misma maestra. Ahora, además, compartíamos el secreto de la bestia salvaje.

Con los días nos adaptamos muy bien a nuestras respectivas aficiones. Ella era más de exteriores y a mí me gustaba leer en voz alta, escuchar discos e interpretar distintos papeles históricos o artísticos como si fuera una actriz de teatro. Antes de conocerla, yo vivía empeñada en que las cosas, las experiencias y los sentimientos que me ocurrían fueran solamente míos, pero desde ese día Misha pudo transitar por cualquier sitio sin que yo me sintiera amenazada o incómoda. También aportaba grandes reflexiones existenciales que casi siempre tardaba en descifrar, pero que con el paso de los minutos se convertían en verdaderas revelaciones. ¿Quiénes somos?, me preguntaba y yo no sabía qué responderle, pero me quedaba pensando en quién era, en quiénes éramos. Otras veces, sencillamente hacía comentarios sobre el mundo con una agudeza inusual entre las niñas de mi edad. A veces no sé si creer que algún día existieron los dinosaurios. Si unos animales tan grandes y feroces se extinguieron, ¿por qué a nosotros no nos pasaría lo mismo?, preguntó al vacío aquella tarde antes de despedirnos.

Al principio, a Alex le costó aceptar a Misha, pero después del desafío del lago resultaba natural estar los tres juntos todo el tiempo. Habíamos aceptado que él fuera nuestro coronel porque, tácitamente, sabíamos que el cargo lo haría sentirse mayor, pero juntos formábamos un frente común contra el mal donde no existían los rangos. Así fue como concluimos que para fundar un ejército lo primero que debíamos hacer era encontrar un nombre, una palabra que nos unificara, que nos solidificara como una roca para poder actuar en bloque contra los malos, a quienes todavía no teníamos muy bien identificados, aunque sabíamos que venían de otro lado. Luego pudimos comprobar que nuestros propios vecinos también se podían convertir en enemigos.

Según nos había contado papá, Koschéi era un monstruo, pero a veces también un hombre que había logrado separar el cuerpo del alma. Ese era el secreto de su fortaleza e inmortalidad: nada podía dañarlo porque, en el momento que lo decidiera, podía llevarse su alma a otra parte. Y ante el peligro, el alma de Koschéi se escondía en un lugar verdaderamente insólito e inaccesible. Primero se ocultaba en una aguja dentro de un huevo, pero el huevo, a su vez, se escondía dentro de un pato, y el pato dentro de una liebre, y la liebre dentro de un cofre de hierro enterrado debajo de un roble, en una isla en el medio del océano, que algunas veces era visible y otras no. En resumidas cuentas, matar al Koschéi era prácticamente imposible y nosotros, sobre todas las cosas, queríamos pelear, pero también sobrevivir.

Así que nuestro ejército estaría compuesto por unos koschéis entrenados para matar y no morir. Decidimos sellar el pacto con un escupitajo en la palma de la mano. Alex cogió una aguja del costurero de mamá y se pinchó el dedo para añadirle unas gotas de drama a nuestras babas. Misha y yo hicimos lo mismo. Ella con más valentía y yo retorcida del dolor, con los ojos a punto de explotar al intentar retener las lágrimas. Sobre las palmas de nuestras manos, los tres teníamos ahora una sustancia rosada y espumosa que contemplábamos extasiados. Le añadimos un poco de arena, en señal de que esa sería la tierra que defenderíamos, y luego sellamos el pacto poniendo una mano encima de la otra.

En el futuro necesitaríamos reclutar a más koschéis, cosa que, luego descubrimos, resultó mucho más simple de lo que pensábamos. Solo teníamos que dar una vuelta por el pueblo porque, poco tiempo después de la invasión, muchos niños empezaron a deambular por nuestras calles. Por lo visto, los padres se fueron a pelear y las madres... bueno, las madres estarían muertas porque de otra forma no podíamos explicarnos cómo tantos niños andaban tan sueltos y sucios. Así fue como se nos ocurrió la mejor estrategia para captar soldados: darles un hogar, una casa para niños gobernada por niños. Todos juntos podríamos formar un ejército koschéi que terminaría por derrotar a los villanos. Hicimos una lista de los niños huérfanos que podríamos reclutar. Además, Misha decía que si no lo hacíamos nosotros algo terrible podría ocurrirles. Alex, en cambio, era más racional. Hasta el momento, nuestro ejército estaba integrado únicamente por un coronel, una francotiradora y una enfermera. Necesitábamos refuerzos urgentemente para pasar a la acción lo antes posible.

Quedaban algunos flecos sueltos. Nos hace falta un manifiesto para convencer a las masas, dijo Misha, y Alex sentó inmediatamente los puntos clave: todos los seres humanos y algunos animales —imaginé que lo decía por el conejo— serán tratados por igual. La lucha es por el fin de la guerra y una vez que termine la guerra reinará la paz en todas las naciones como si se tratara de una familia numerosa. El gobernante será elegido democráticamente y no tan democráticamente se le podrá sustituir si se descubre que es violento, mentiroso, asesino o ladrón. También será obligatorio un mínimo de comidas gratis al mes.

Todos estuvimos de acuerdo. Misha quiso incluir la supresión de los inviernos, la revisión de la verdadera utilidad del álgebra en las escuelas, una nueva medición para la ley de la gravedad porque las cosas, decía, caían demasiado rápido y, por último, sugirió que las mujeres puedan usar pantalón y pilotar aviones.

En menos de un mes, yo conocí al Hombre Salvaje de Tasmania y encontré a mi alma gemela. Habíamos sobrevivido a nuestra primera prueba física en el lago, había aprendido a matar a un conejo, mi hermano era un guerrero nato y feroz, teníamos un ejército con un nombre imbatible, y contábamos con un plan para captar nuevos soldados y engrandecerlo.

Decididamente, estábamos listos para la guerra.

6

La calle donde vivo ha perdido la calma. Era muy tranquila cuando me mudé aquí, a principios de los sesenta. Éramos menos, claro está, Lima no explotaba de gente nueva, joven y emprendedora, las personas no se vestían de tantos colores, y de noche no había todo ese alumbrado para espantar a los borrachines y los ladrones. No siento nostalgia de un pasado más lento. Simplemente todo es diferente y a veces me pasa que ya no sé si tengo las fuerzas suficientes para adaptarme a tantas cosas nuevas. Los sauces de los vecinos, por ejemplo, eran hermosos y enormes, pero los cortaron. Los cortó el hijo menor de los Colina, que yo veía patear la pelota de chico y de grande se convirtió en un constructor de cubículos. No es que yo no me adapte al edificio y a los nuevos vecinos, pero me genera una tristeza infinita que aquellos árboles ya no estén, ya no existan y que nadie, mucho menos el estúpido joven Colina, haya considerado el valor de una existencia frágil e involuntaria como la de los sauces en la avenida.

La avenida. Tengo treinta segundos para atravesar los cuatro carriles y el jardín central de la avenida Salaverry. Cien metros en treinta segundos. El campeón mundial de cien metros planos probablemente lo haga en menos de diez. Yo tendría que hacerlo en el triple de tiempo. Pienso en ello cuando veo el bus que cubre la ruta 57. El número me atrae, me succiona, y siento la necesidad de subirme a ese bus pintado de naranja, amarillo, verde y marrón. Me detengo al borde del paso de cebra. Espero al siguiente cambio del semáforo. Estoy atenta, tengo la vista fija en la luz roja. En cuanto cambia de color, doy el primer paso con toda mi concentración puesta en el paradero donde se apiñan estudiantes y trabajadores de mediana edad, que probablemente van a comenzar su jornada laboral en los cafés y restaurantes de la zona. Llevo un papel con la dirección que Angelita me anotó. Es del lugar donde debo registrar la muerte de mi marido.

En el bus suena una música alegre, como la de la telenovela brasileña que Alfonso tanto odiaba. Nadie me cede el sitio, lo cual es una noticia formidable porque significa que nadie me percibe tan vieja como yo me siento. Estamos todos apiñados, los cuerpos se rozan y mecen en función del embrague del conductor. Intento ver qué hay fuera, pero soy demasiado alta y no logro encorvarme lo suficiente para mirar a través de los cristales. De todos modos, están empañados o cubiertos de una película tornasolada. El cobrador me pide una moneda. ¿Adónde vamos?, le pregunto, pero el cobrador voltea los ojos y sigue de largo. Alguien a mi lado se ríe. Tiene una voz aguda. ¿Adónde quiere ir?, me dice. No sé si es guapa o solamente joven. Emana esa limpieza de la juventud sin surcos en la cara, sin pecas en las manos ni peso sobre los hombros. Lleva puesta una camiseta que dice Los Ángeles, algo que yo considero ineludiblemente positivo. Tiene el pelo abundante como una catarata, una melena con vida propia y unos dientes blanquísimos que parecen haber brotado ayer. La ruta termina en el parque Kennedy, me dice, ahí cerca trabajo. Me bajo contigo, le contesto, y por si acaso pertenezco al ejército, añado, como si eso pudiera defenderme de una guerra invisible.

El bus continúa el recorrido y empiezo a sentir un abotargamiento en el cerebro. Las sienes me laten, la música parece haberse metido dentro de mi cuerpo. Observo mi antebrazo derecho y siento la arteria cubital más dilatada de lo normal. Cambia el foco, me digo. Mira el exterior. La niña de los dientes blancos se abre paso entre los pasajeros y yo me pego a ella, le pellizco la camisa para no perderme.

Se percata. Se gira y me coge de la mano. Tiene la mano tibia, húmeda y pequeña, una palma grande y unos dedos cortos. Bajamos juntas del bus y me señala el camino hacia la municipalidad. ¿Tú adónde vas?, le pregunto. A mi trabajo, te dije, ¿quieres ver? La sigo, le ofrezco un caramelo y lo acepta. Chupamos caramelos de limón mientras atravesamos el parque Kennedy, donde hay más gatos que humanos. Mira, nos siguen, le digo emocionada. Qué asco me dan. Parecen sobrevivientes de una bomba nuclear. Si te fijas bien, algunos gatos tienen cara de rata. Es por comer tanta basura. Han mutado, dice, se han convertido en algo parecido a lo que eran, pero ya no son iguales a los de su especie. Ya no son los mismos.

Tan pequeña y tan apocalíptica, pienso.

Seguimos caminando y cruzamos la calle Schell. Nos adentramos en los callejones de un pequeño centro comercial y me miro en los ojos de la gente. Siento que todos me miran. Y luego ya nadie me mira. Me he fundido en la espesa neblina del exterior hasta prácticamente desaparecer y convertirme en una persona, como ellos, como los demás, una persona que camina por la calle, nadie en particular, solo alguien más. Giramos hacia la derecha bajo la blanca luz de un fluorescente y nos damos contra unas escaleras. No puedo, le digo. ¿Pero tú no eras del ejército?, me contesta. Subo lentamente. Siento las rodillas. Tengo dos rodillas, tengo ligamentos, tengo meniscos. Siento cada una de las partes que componen mi cuerpo. No me rindo. Huele a salchicha frita y tengo la boca seca. Mi nueva amiga abre una puerta. Veo disfraces de abejas, de diablos, máscaras de El Zorro, látigos, gorros de vaqueros, de bomberos, de piratas, vestidos de princesas, dentaduras de vampiros. La dueña debe ser su madre o su tía. Luego me doy cuenta de que no es su pariente sino su empleadora.

Acá he traído a una clienta, le dice, mientras lanza su mochila al otro lado del mostrador y de un salto se pone detrás de la barrera que ahora nos divide. ¿Quieres ver un disfraz militar, señora? Le digo que no, que tengo muchos uniformes en casa y que en realidad me gustaría algo diferente. Tiene algo para mí: un disfraz de versallesca. Le digo que no tengo tiempo de probármelo, que llego tarde a mi cita en la municipalidad. Me dice que será un segundo y me señala el probador. Tardo quince minutos en enfundarme un traje de una tela brillosa y rígida. Me miro en el espejo. No soy yo, le digo. Es que falta la peluca, dice, y me la alcanza. Salgo vestida para una fiesta palaciega del siglo XVIII, con una peluca como un cono blanco de cincuenta centímetros de alto y una falda amplia de una tela barata y acartonada. Le digo que también quiero la dentadura del vampiro.

¿Se lo va a llevar puesto?, me dice la jefa. Le digo que no tengo plata en ese momento, que lo siento mucho y que tal vez otro día vuelva para comprarlo. La jefa debe tener unos cincuenta años, es robusta y lleva puesto un disfraz de enfermera o tal vez es solo un delantal blanco. Me mira durante unos segundos y me dice que eso no es problema, que le puedo dejar una de las pulseras que llevo. O mejor, el reloj. Mi reloj no vale mucho, me lo regaló Alfonso cuando cumplimos veinte años de casados. Él, nosotros, nunca fuimos muy gastadores, dudo que mi reloj sea una joya. Miro la esfera. Son las once y veinte. La niña de la dentadura perfecta se acerca lentamente y me vuelve a coger la mano. Sonríe. Dáselo, me dice. Te queda lindo el disfraz. Vale la pena. Pienso en Alfonso, en que tengo que ir a inscribir su muerte para que su número de DNI tenga una nueva oportunidad, una nueva vida, para que sea asignado a alguien más joven, quizás alguien más audaz pero no tan bueno, alguien con mucho pelo, con energía, con nuevas ideas que podrán transformar el mundo en un lugar mejor. Todo eso le deseo al futuro portador del número de DNI de Alfonso, si es que esa teoría es cierta porque lo más probable es que Angelita se la haya inventado para animarme, para hacerme creer que las almas tienen una nueva oportunidad en la tierra.

Me quito la peluca y la jefa rompe la distancia de cortesía. Se pega a mí, me toca el brazo y me estira la mano para mirar de cerca el reloj.

Mi marido ha muerto, le digo. La jefa se gira indiferente y la niña se ofrece a acompañarme para llegar a tiempo a donde sea que le haya dicho que tenía que ir. Me resulta un gesto encantador y me dejo guiar por su mano pequeña, acogedora y sudorosa. No me llevo el disfraz, qué locura, para qué. Me despido de la niña y le digo mucho cuidado que tu jefa no me ha parecido una buena persona. Y me voy muy satisfecha con mi frase y sin disfraz hacia el parque de los gatos para tomar un respiro antes de inscribir por última vez a Alfonso, antes de hacer un último trámite en su nombre.

Camino por la avenida con el certificado de defunción que me expidió el doctor de la ambulancia, el que no pudo reanimar a mi marido porque resultó que el corazón se le había partido en dos. En la oficina azul hay una cola para pedir información y otra cola para realizar el trámite, pero no puedo realizar el trámite sin que antes alguien me informe qué debo realizar. Todo un detalle, pienso. Una cola para que te digan lo que tienes que hacer y otra cola para hacerlo. Tengo el resto del día, pero la cola es tan grande que llega hasta la calle.

Yo me ubico detrás de un joven que ha venido a inscribir a su recién nacida. Me fijo en su impaciencia, en la forma como levanta la mirada por encima de las cabezas de quienes formamos una fila india. Mi cuerpo se refleja en el vidrio. Me veo con claridad. Llevo un abrigo largo color camello, unos pantalones negros, unos zapatos bajos, un bolso de plástico y una chompa amarilla de alpaca. Veo mi reflejo y el de un montón de personas que, con más o menos paciencia, han venido a cumplir un objetivo simple: conseguir que les estampen un sello en un papel. Veo mi reflejo solitario, sin el par que solía acompañarme, y veo mi reflejo y el de un joven que viene a inscribir a su bebé. Una vida que comienza, pienso, un papel en blanco. Sobre el vidrio se proyecta el futuro incierto de una pequeñísima existencia y el final de Alfonso, ese joven ni tan apuesto ni tan feo, uno del montón a punto de quedarse calvo que un día apareció en la puerta de la agencia de viajes donde yo vendía pasajes de aviones a los que no me había subido y realizaba reservas a destinos turísticos que no llegaría a conocer.

Porque cuando lo conocí vendía viajes para personas de un poder adquisitivo al que yo no podía aspirar con el sueldo paupérrimo que apenas me alcanzaba para pagar una habitación y comprarme un par de zapatos o un vestido cada seis meses. En esos años, el Boeing 707 había transformado el concepto del turismo y yo me ocupaba del Gran Tour europeo. Animaba a mis clientes a descubrir el Viejo Continente en tren y recorrer Roma, París, Viena, Berlín, Ginebra. Me encantaba mi trabajo, especialmente en ese momento y a la hora en que Alfonso apoyó la mano derecha sobre la frente haciendo visera para traspasar su reflejo en el cristal y entrar en mi vida. Por esos días yo estaba muy contenta porque el dueño de la agencia había prometido un viaje a París a la mejor vendedora del año. Y esa, lo sabía, iba a ser yo.

Alfonso era primo, amigo o conocido de una compañera de trabajo, Teresa Román. Fue ella quien nos presentó. Desde ese día, Alfonso apareció en mi pequeño universo todas las tardes. Era espigado, con ojos almendrados y una nariz ligeramente aguileña. Llevaba el pelo engominado hacia atrás para disimular la calvicie que tarde o temprano afrontaría. Vestía impecable y conducía un Volvo verde olivo con interior borgoña al que llamaba cariñosamente, como si tuviera una mascota en vez de un vehículo, Mi Pequeña Sandía.

En aquella sandía fuimos por primera vez al autocinema a ver *De repente, el último verano*. Esa fue nuestra primera salida oficial, aunque a esas alturas ya nos habíamos cogido un par de veces de las manos. Alfonso iba a recogerme al trabajo casi todas las tardes y me lo encontraba fumando un cigarro cuando terminaba mi jornada. Luego íbamos a tomar un helado o un café. Recuerdo que me gustaba su manera cansada de sentarse, con los brazos descolgándose de la silla y las piernas estiradas. Parecía que en vez de haber estado trabajando como vendedor de seguros hubiera picado piedras todo el día. No tenía una fuerza extraordinaria ni un físico atlético. Nunca fue deportista y tampoco se cuidaba de comer sano, beber poco o fumar menos. Su ambición estaba puesta en prosperar económicamente y tener acceso a cosas. Soñaba con ser empresario y poner un negocio de autopartes. En él veía a un hombre emprendedor, tranquilo, con un mundo interior limpio, sin grandes traumas, con tristezas convertidas en aprendizajes gracias a una postura práctica, negadora y, quién sabe, hasta envidiable. Alfonso tenía una conversación rica y variada. Me hacía reír. Me hacía reír mucho.

Yo le contaba acerca de mi trabajo, pero no mucho sobre mi origen. Muy por encima le dije que llegué al Perú huyendo de una guerra, pero en general tenía pocas ganas de recordar, de profundizar en los detalles y, a la vez, de ampliar esos detalles ubicándolos en un contexto geográfico, histórico, familiar e íntimo. Quizás es que me asustaba la posibilidad de que sus preguntas abrieran puertas hacia lugares a los que yo no tenía pensado volver. También, ahora que lo pienso, sentía un poco de vergüenza de mi condición de extranjera. Desde que llegué al Perú, a los doce o quizás trece años, me había esforzado muchísimo en pasar desapercibida, en aprender a vocalizar bien, a memorizar las jergas y muletillas, a no desentonar, a convertirme en una peruana más, aunque mis rasgos me delataran. Quería olvidar mi procedencia y creo que, de alguna forma extraña, logré alejarme de las historias que protagonizaron mi infancia, aunque ellas moldearon mi carácter esquivo y me hicieron sospechosa de una lejana melancolía. A veces pensaba que su falta de interés en mi vida pasada era porque conocía a otras personas que sobrevivieron a otras guerras. O quizás, al principio, simplemente no quería invadir un espacio que yo, a pesar de mi contradictoria resistencia, quería que allanara e hiciera suyo cuanto antes.

¿Dónde están tus papás?, me preguntó un día. Fue en uno de los muchos bailes a los que me invitó en el Club Terrazas, cuando Pérez Prado nos convirtió a todos en pecadores. Teresa Román nos acompañó a alguna de estas verbenas donde conoció al que sería su amante años después. Primero se casaría con Tico Rivera, que también asistía a esas fiestas con el pelo engominado y unas camisas ajustadas que dejaban adivinar unas espaldas gloriosas. Tico sería su marido y el padre de sus tres hijos, pero el Colorado Bravo, el que le dio un beso por primera vez cuando él ya estaba comprometido con Gachi Romero, no dejaría de buscarla hasta convencerla de llevar una doble vida que les duró décadas. Tico y Teresita se hicieron muy amigos nuestros y durante los primeros años de matrimonio fuimos inseparables, pero luego ellos tuvieron hijos y nosotros no y los planes se volvieron primero frustrantes y luego simplemente aburridos. Pero todo eso pasó mucho tiempo después. Aquella noche, cuando las olas del Pacífico rompían frente al club, yo alcancé a ver un atardecer esplendoroso y sentí con gran nitidez que por fin pertenecía a un lugar y que, si así lo decidía, ese lugar podría ser mío para siempre.

Sonaba el mambo de Pérez Prado y Alfonso me dijo que tal vez, quizás, podríamos hacer algo más juntos, no algo como tomar un helado o ir al cine sino algo más largo, algo para siempre. Cuando yo era chica mi mamá nos decía que las mujeres dependíamos del padre y luego del marido y que, si no conseguías marido o se te moría el padre, te podían ocurrir cualquiera de las siguientes desgracias: convertirte en mendiga, en loca o en monja. Eso decía mi madre, que fue una mujer buenísima con el único defecto de que, en vez de sangre, le corría miedo por las venas. Yo estaba encantada con mi trabajo en la agencia de viajes, ganaba una miseria, pero no consideraba que mi destino fuera a depender íntegramente de una pareja, tal vez porque no confiaba en los destinos trazados y tampoco en que la adultez fuera sinónimo de matrimonio. Si no me casaba con Alfonso, si no me casaba nunca, no era algo que me inquietara con la intensidad que le preocupaba a Teresa, la pobre, quien, por conformarse con Tico, queriendo en realidad al Colorado, tuvo que vivir una vida de mentiras y engaños. Ella decía que llevar una doble vida le divertía, pero cuando sus hijos crecieron se vio expuesta a una serie de habladurías que la hicieron sentir muy culpable. ¿Cómo es posible que mentir, mentirnos, te hiciera feliz? ¿Cómo pudiste hacerle eso a papá?, le reprochaban sus hijos. Y ella, en su mundo interno, no era capaz de encontrar un solo argumento que no la hiciera sentir una inútil emocional por anteponer un amor, supuestamente verdadero, a la opinión de los demás. Cuando se destapó todo, cuando Tico, todos los amigos del club, la esposa del Colorado, los hijos de ambos, la manicurista y hasta la cajera del supermercado se enteraron, ellos se escaparon unas semanas a Miami y luego se instalaron en un departamento que miraba al mar. Pero en libertad ya no supieron quererse y, al cabo de un par de años, cada cual rehízo su vida con nuevos y transparentes amores.

Todo eso pasó la misma noche, Alfonso me preguntó por mis padres y me insinuó la posibilidad de casarnos. A lo primero fui categórica. Muertos. Están muertos, le dije. Murieron al poco tiempo que llegamos a vivir a Lima, murieron de pena, de distancia, de rabia por no aprender todos los detalles de un país nuevo, de una infección estomacal que derivó en un cáncer fulminante sin que casi se dieran cuenta y sin que yo me hubiera acostumbrado a mi nuevo país como para tener que acostumbrarme también a estar sin ellos. ¿Por qué yo no? No sé, tal vez yo no comí eso que los mató, quizás fue algo en el barco que nos trajo hasta las costas del Pacífico. O el aire frío del mar al que no estábamos acostumbrados. O la humedad. O la tristeza. O todo eso junto. Yo no sé, yo no sé por qué las personas se mueren antes de tiempo, pero se murieron y yo me quedé huérfana, le dije a Alfonso. Algo me adhirió a él desde ese momento. Cuando le hablé de mí, él solo dijo que lo sentía mucho y yo le creí, yo creí en su mirada y en su abrazo gigante. En el fondo me daba miedo que él pudiera pensar que yo necesitaba llenar todo ese vacío, ese hueco en mí, con su presencia, con sus sueños de formar una familia, convertirse en empresario y comprar una casa. Elegí su compañía sin que la opción de la soledad, como a las mujeres de mi generación, me resultara una tragedia. De alguna manera, sentía que una voz en mi interior, o quizás era la de mis padres desde el más allá, me empujaba a dejarme querer. Y a veces me sentía extraña al permitir que alguien me quiera. Sentía una especie de desencanto cuando mi corazón no temblaba al verlo, como decía Teresa que le pasaba cuando aparecía el Colorado. Yo no sentía esas cosas y no sabía si sería capaz de sentirlas algún día, quizás no vine equipada con esas capacidades o mi carga ribonucleica emitida en otro hemisferio carecía del poder de hacer que me derrita, colapse, pierda la razón, tiemble o sufra de esa manera espasmódica que describía Teresita cuando hablaba de amor.

Le dije que sí a todo: al helado, al cine, a las fiestas y al matrimonio, le dije que estaba de acuerdo, que tal vez podríamos formar algo que durara para siempre, pero —en esto fui contundente— yo antes de ser madre quería viajar, quería ir a París. A la salida de ese baile frente al mar, al regresar a casa en la sandía rodante, nos besamos por primera vez y el amor me supo a tabaco, a vino y a nada más.

A las pocas semanas me llevó a conocer a su madre. Alfonso era hijo único. Su padre había muerto en un accidente de auto cuando él se encontraba en plena adolescencia y con su fallecimiento, me dijo alguna vez, se clausuró la alegría en el hogar. Su madre, doña Violeta, daba clases particulares de piano para pagar los extras que la pensión militar del marido no cubría, pero cuando Alfonso terminó la carrera de Ingeniería decidió suspenderlas definitivamente. Decía que entre sus alumnos, chicos y chicas que se trasladaban de todos los barrios de Lima para atender sus clases, en realidad no existía ningún virtuoso. Todos se desanimaban en cuanto aprendían una sonatina de Bach para interpretar con los postres en los domingos familiares. Ella, agotada la paciencia al explicar a niños distraídos o asustados en su primer día de clases que la mano izquierda era para los acompañamientos y la derecha para la melodía, dejó de recibir nuevos alumnos. Los demás crecieron, cambiaron de afición, se mudaron de barrio, ingresaron a la universidad o, sencillamente, reemplazaron el interés por el piano con la guitarra o la flauta traversa que descubrieron en verano.

Doña Violeta también cambió de oficio. Dejó el piano por los budines, el pie de limón, el arroz con leche, la torta de chocolate, las cocadas y la mazamorra morada. Era una máquina en la ingestión de azúcar, como quedó demostrado la primera vez que la vi, cuando le llevé seis alfajores de regalo que tardó en comer lo que yo en tomar un café con leche. Mi primera impresión al verla fue que era un cuerpo, un cuerpo enorme, sin alma, un ser abandonado como un fardo flotando en el medio del mar.

El departamento familiar, que luego nosotros heredaríamos, era mucho más oscuro entonces. Quizás se trataba solo de descorrer las cortinas, pero a ella le gustaba mantenerlas cerradas todo el tiempo porque decía que así se protegía del calor en verano y del frío en invierno. Los muebles terciopelo verde botella, el cuadro de los cazadores y las perdices, el crucifijo de nácar o el suelo ajedrezado en la cocina sobre el que, muchísimos años después, encontraría el cuerpo de mi marido sin vida: todo lo que vi en aquella casa la primera vez que entré, luego sería mío.

Alfonso me contó que a su madre le hubiera gustado ser concertista, pero solo llegó a tocar en la iglesia del distrito durante las bodas, comuniones y bautizos. Me resultaba extraño que alguien con los dedos tan cortos fuera una pianista, hasta que un día la escuché tocar y pude comprobar hasta dónde se desplegaban. Entré a la casa, la vi de espaldas sentada al piano y me senté en el sofá sin hacer el menor ruido. Entonces descubrí que no era un cuerpo sin alma, que era capaz de construir una intimidad, un espacio de entendimiento, tristeza y melancolía, a partir de Brahms, Debussy o Schubert. Quizás, pensé muchos años después de convencerla sistemáticamente a base de mazapanes y chocolates para que extendiera sus dedos entumecidos y tocara para mí, la virtuosa siempre había sido ella, pero, tristemente, no había encontrado un lugar donde su hondura fuera comprendida.

Alfonso y yo nos casamos en una ceremonia decorosa y tan discreta como la vida que nos esperaba. Recuerdo el roast beef y el pastel de papas que compartimos con Teresita, Tico, algunos amigos del trabajo de Alfonso y doña Violeta, tan difícil de querer y tan adorable al mismo tiempo que vivió con nosotros hasta su muerte, cuatro años después. Yo la lloré como si hubiera vuelto a perder a mi madre.

Había escuchado cosas, podía imaginar, había atado cabos y visto algunas imágenes, pero técnicamente no tenía la menor idea de lo que un hombre y una mujer podían hacer en una cama. Alfonso era pudoroso y mecánico, un hombre disciplinado y metódico incluso en el sexo, que solo muchos años después empezamos a practicar libremente. Era cariñoso a su manera, con palabras y gestos corteses como una palmada en la cabeza o en el rostro. Jamás levantaba la voz y nunca obvió un por favor o un gracias. En la intimidad también era formal y cuidadoso, aséptico como un instrumento quirúrgico. La noche de bodas fue con la luz apagada y la pijama puesta en un hotel de lujo. Tardamos un par de días en traspasar los abrazos tiernos o amistosos que tuvieron lugar al pie de un volcán, en Arequipa. Nunca fuimos una pareja arrebatada ni de pasiones extremas y, sin embargo, no había nada de lo que yo me pudiera quejar en particular, no podía señalar a Alfonso con el dedo y culparlo de algo. Me acostumbré a sus aficiones. Todos los sábados dábamos un paseo y por la tarde leíamos y a veces íbamos al cine. Los domingos no se perdía una carrera de caballos. A mí también me gustaba ir al hipódromo porque me hacía sentir en el extranjero. Compartía su pasión por los caballos y por los autos y me gustaba que tuviera conocimientos tan técnicos sobre todas las cosas. Debió ser su pasión por los crucigramas o la lectura, pero me encantaban sus soliloquios sobre temas tan diversos como la asimilación de la papaya en el colon o la ubicación geográfica del primer registro fósil de un pelícano. Le gustaba contarme el argumento de los libros que leía y sus narraciones eran tan detalladas que muchas veces era mejor escucharlo que leerlas. Lo aprendí a querer despacio y me acostumbré a su compañía, a sus ronquidos, a su olor a vino y tabaco. Era paciente. Ni siquiera perdió los papeles cuando no podía quedar embarazada. Yo adelgacé diez kilos de la angustia. La tienda de autopartes que finalmente había logrado adquirir iba fenomenal y hasta nos permitió pensar en hacer un viaje. Alfonso quería conocer el lugar de donde yo venía y, por fin, habíamos conseguido el dinero para hacerlo. Yo me había tomado un año sabático en la agencia para dedicarme completamente a la labor de engendrar un hijo. Esa fue la etapa en que Alfonso y yo empezamos a tener sexo de manera mucho más libre y divertida, pero luego se convirtió en una obligación diaria y las cosas obligadas por muy placenteras que sean pierden interés. Después de muchos intentos e idas al ginecólogo, me dijeron que no podría quedar embarazada. Al principio pensamos que Alfonso era el problema y estábamos dispuestos a que yo me embarazara de cualquier hombre. Hasta en eso Alfonso era de una generosidad mayúscula, pero no. El problema era yo.

Deseábamos fuertemente tener hijos, pero ellos no quisieron venir. Yo imaginaba a esos hijos hipotéticos sentados en una banca, como en la antesala del nacimiento, con los rostros que podrían haber nacido de una mezcla entre Alfonso y yo. A través de un megáfono, una voz les ordenaba que regresaran, les decía que no nacerían, que se buscaran otros padres a los que parecerse, otros genes como vehículos para trascender en el tiempo. Esos hijos que no nacieron, pensaba, tal vez no nacieron porque no querían la vida que yo podía ofrecerles. Mi suegra, mi madre y Teresa Román decían que la vida sin hijos no era plena. Yo no estaba del todo de acuerdo, pero sí me torturaba pensando que no tenerlos era, más bien, un símbolo de debilidad, de algo que no funcionaba por dentro. Quizás a mí no me funcionaba el sistema reproductivo porque de chica había comido muy poco o me había esforzado mucho y mi cuerpo no había desarrollado la fortaleza suficiente para retener a un niño. Mi cuerpo hambriento no había creado el tejido necesario para soportar a un bebé dentro. Todo en mí era endeble como la cáscara de un huevo, pero a Alfonso no le importó. Me dijo que quizás con el tiempo podríamos adoptar, pero cada vez que me sacaba el tema de la adopción yo hablaba de cualquier otra cosa hasta que le dije que no quería un hijo que no fuera mío. Me daba miedo no quererlo igual y hacerle daño. Y él aceptó mi decisión como aceptaba todo lo que yo le decía, con ese corazón tan bondadoso que me hubiera encantado amar de una forma salvaje, pero solo lo pude hacer de una manera quieta y temerosa, poniéndole siempre un pero y un para después. Más tarde te voy a amar, Alfonso, pensaba, algún día todo será distinto, pero ese día no llegó nunca. Sin embargo, aquel hombre que apoyó las manos haciendo sombra sobre el cristal de mi oficina se convirtió en mi marido. El único hombre con el que estuve en mi vida.

Aquel año en que lo conocí, me comprometí y me casé, también gané el premio a la mejor vendedora de circuitos turísticos de lujo, pero renuncié al viaje a París porque no tuve corazón para dejarlo solo. Lo elegí a él por encima de la incertidumbre, de las posibilidades o quizás lo elegí porque pensaba que si me iba no regresaría. Ahora que lo pienso, cuando vuelvo a mirar mi reflejo proyectado en el cristal de la oficina azul, podría haber empezado una vida en París, podría haber sido otra, una Vera peinada de modo distinto, hablando otro idioma, paseando por otros lugares y construyendo una vida extraordinaria, una vida sin recuerdos, una vida sin dolor y una vida sin Alfonso. Pero lo elegí a él y elegí esta vida y ahora es mi turno para conseguir el certificado de defunción de mi marido, pero resulta que, según me dice la amable señorita, me hace falta sacarle fotocopia al certificado del médico, a la partida de nacimiento y al DNI, que ellos no cuentan con una fotocopiadora pero que si camino dos cuadras a la derecha podré encontrar una sin problema y que luego regrese con toda la documentación para presentarla en la ventanilla 23, previo ticket por orden de llegada. No sé si me dará tiempo para hacer todo eso, pienso con rabia. Giro la muñeca para hacerme una idea de la hora y caigo en cuenta de que ya no llevo puesto el reloj que Alfonso me regaló en uno de nuestros aniversarios.

7

Antes de que llegaran los enemigos nos empezamos a matar entre nosotros con gran naturalidad. Las razones eran infinitas. A qué bando pertenecías, si estabas a favor o en contra de la guerra, de qué color era tu piel, de dónde eran tus padres, qué religión profesabas o por qué ya no querías compartir la leche de tu vaca con los vecinos. Esto último parecía encender las miradas con más fuego que los demás motivos. Y es que todos teníamos hambre y el hambre daba rabia, y la rabia generaba odio y el odio, a veces, traía muerte.

Nuestro vecino tenía todo lo que a nosotros nos hacía falta: vacas, carneros, gallinas, conejos, cerdos y un huerto frondoso de manzanos, tomates, vides y limones. Hacía unas semanas que los koschéis habíamos decidido colarnos en esa casa de los manjares haciendo un hueco por debajo de la verja para robar algunos frutos y, con un poco de suerte, una gallina, pero nuestro plan sufrió retrasos porque no encontrábamos la pala adecuada y porque tampoco habíamos concluido el periodo de observación de costumbres para así definir la hora exacta del asalto.

Sin embargo, el plan era tan bueno que alguien más tuvo la brillante idea de ejecutar el robo maestro, aunque los aprendices de ladrones no invirtieron el tiempo necesario en observar la conducta del propietario y anotar sus horarios y posibles descuidos. Cometieron un fallo de principiantes: no estudiaron bien el plan de acción.

Los hechos ocurrieron alrededor de las cuatro de la mañana, cuando, supuestamente, el sueño debería ser profundo. No tuvieron grandes inconvenientes con los alambres ocultos entre el cerco vivo. Sortearon bien la primera etapa. La segunda era más complicada y consistía en alcanzar el granero y sustraer un animal, de preferencia una gallina, sin que hiciera el menor ruido. De emitir un cacareo antes de degollarla, tendrían que haber salido al vuelo, pero se tardaron demasiado o quizás pensaron que las ondas cerebrales y las funciones del cuerpo del dueño estarían completamente desconectadas a esa hora. Error: el señor sufría de insomnio.

Los gritos despertaron a papá y, luego, a Alex y a mí. Nos calzamos como pudimos y llegamos a tiempo para ver a un hombre enfurecido con un palo de escoba en una mano y una escopeta en la otra.

Los chicos trataban de explicarse en un idioma que nadie entendía. Papá logró acercarse y, aunque nos pidió que nos quedáramos en casa, nosotros íbamos en fila india, sigilosos, para no perder detalle.

El propietario obligó a los muchachos a cavar una zanja y mi padre se acercó a preguntar si necesitaban ayuda. Pensó, o pensé yo luego, que el vecino aprovecharía la mano de obra gratis para construir una especie de trinchera o un hueco donde sepultar la basura y crear algún tipo de abono. Estaban pagando, pensamos, por un delito que no les había dado tiempo a cometer.

Eran tres. Ese fue el número de disparos que retumbaron en mi cuerpo. Mientras tres corazones dejaban de latir, el mío se aceleraba como queriendo huir a otra parte.

¿Lo has visto, Vera?, cuestionó mi padre, arrimando mi cabeza contra su pecho. Le dije que no. Le mentí para que no pensara que ver morir a alguien podría matarme a mí también.

Las primeras luces del día alumbraron a tres muchachos cayendo a la zanja que ellos mismos habían cavado. Yo nunca había visto un muerto antes. Comprobé, como en el cuento koschéi, que el alma existía. El cuerpo era un recipiente y cuando la persona moría, o la mataban como en este caso, el alma se iba a otro lado. La persona que existía un segundo antes ya no estaba, se había convertido en un saco de papas, en una piedra o en el tronco de un árbol. Sin embargo, mantenía la forma humana, pero parecía más pesada que en vida, como una mesa o una puerta. Pero ya no era. Ya no estaba.

De haber sido koschéis, sus almas estarían a buen recaudo como las nuestras, estarían dentro de una aguja dentro de un huevo y el huevo dentro de un pato y el pato dentro de una liebre. Pero aquellos chicos no formaban parte de nuestro ejército y, por lo tanto, no tenían el alma blindada, no contaban con la esperanza de una vida eterna como nosotros.

Sentí varias cosas en ese momento: miedo y asco primero, luego náuseas y un temblor en el pecho. Ellos ya no podían ver, ni oír, ni oler, ni resistir. Ahora estaban dormidos, solo que nunca despertarían ni tendrían sueños como nosotros los vivos. ¿Quiénes los echarían de menos? ¿Tendrían hermanos, mamás, tíos, novias, amigos?

Busqué la mano de mi hermano. No me bastaba el consuelo de mi padre, pero Alex rechazó mi cuerpo. Ya no tienen alma, alcancé a decirle. No estaban entrenados, no se dieron cuenta, no calcularon el tiempo, podrían haber destruido a ese anciano cascarrabias, me contestó. Y no te pongas triste porque ellos ya no son personas sino cosas. Más te vale que tomes nota de lo que te digo para comunicárselo al resto del ejército.

Luego me atenazó el cuello con sus largos brazos y me practicó una técnica que, según explicaba, servía para desarmar al enemigo. ¡Alex, me haces daño!, le grité, mientras lograba arrancarle la rama que tenía entre las manos para utilizarla como espada y atravesarle las costillas. Su rostro estaba rojo y hacía una mueca de dolor. Me iba a estallar la cabeza en el preciso momento en que apareció Misha y le saltó por detrás para defenderme. Al poco rato los tres terminamos en el suelo riendo o haciendo como que reíamos, como si ante nuestros ojos no hubiera muerto nadie y el impacto del cartucho en un cuerpo humano no hubiera dejado un sonido imborrable. Papá nos advirtió que si seguíamos revolcándonos como cerdos en el fango nos quedaríamos con la ropa sucia porque ya no se podía desperdiciar el agua.

A cierta distancia de nuestro combate infantil los pocos hombres que quedaban en el pueblo también cavaban la tierra con picos y palas. ¿Para qué es ese hueco?, preguntó Misha. Para jugar a la casita de muñecas, contestó uno de ellos. Alex se quitó la camisa, se la ató a la cabeza y hundió la pala a la vez que emitió un rugido sobreactuado. Misha y yo nos encaminamos hacia la plaza a ver si encontrábamos alguna hierba comestible en el camino, y Alex, que tal vez sí seguía siendo un niño, no pudo soportar que nos fuéramos sin él y nos alcanzó en cuatro zancadas.

A los pocos minutos los escuchamos llegar. Proyectaron una gran sombra sobre nuestras cabezas. Pasó rasante el primero y alcanzamos a protegernos detrás de unos matorrales, pero era inútil cubrirnos en campo abierto con nada más que unas hojas. Alex no dejaba de repetir el modelo del avión: ¡es un Junkers Ju 88! Lo decía con emoción, con la gratitud de saber que sus conocimientos servían para algo tan perfectamente inútil como identificar a tu verdugo antes de morir. Nos sobrevolaron dos más. No nos alcanzaron, dijo Misha, pero Alex tiró de su vestido para que no se levantara todavía. Vino el cuarto y nos sobrevoló tan al ras que de haber levantado el brazo con toda seguridad le hubiéramos tocado la panza. Nos vieron, claro que nos vieron. Éramos unos niños, pero ellos tenían que descargar una cantidad mínima de municiones para amedrentarnos y anunciar su próxima llegada. De paso, si mataban a algunos, como lo acababa de hacer mi vecino, mucho mejor porque, al final de la jornada, en eso consistía una victoria: en matar más. Eso decía Alex.

Y yo a Alex le creía hasta el infinito.

Sobre todo, creía firmemente en su teoría del distanciamiento. Deja que el tiempo pase y te sentirás mejor. ¿Cuánto tiempo, Alex?, preguntaba yo. Y él, con ese porte marcial y natural sentido de la protección, miraba al cielo, arqueaba una ceja como si estuviera añadiéndole una raíz cuadrada a un número imposible, y contestaba con aplomo. Al cabo de dieciséis lunas llenas todo habrá mejorado, Vera.

En realidad, todo empeoraba. Podía ver los agujeros en el jardín, podía contar las hojas de la hierba, podía ver a las hormigas en fila volviendo a una casita que pronto ya no existiría. Tenía los ojos clavados en la tierra y no quería despegarlos porque al levantarme uno de nosotros estaría muerto, como muertos estaban ahora los muchachos que le quisieron robar unas gallinas al vecino.

En mi fantasía, con la cara pegada a la tierra y los motores de los aviones de ruido de fondo, no era yo quien moría. Morirían ellos y eso me dolería mucho más que si una bala me perforara el pecho. Yo no quería que ellos murieran, de ninguna manera podía quedarme sin lo que más quería, así que decidí morir yo. Decidí matarme antes de tener que ver a Misha o Alex muertos. Salté como una liebre justo cuando el quinto avión rozaba nuestros cuerpos. Levanté los brazos al cielo y corrí para alcanzarlo. Mátenme. Mátenme de una vez, malditos, a ver qué tan valientes son. Era la primera vez que pronunciaba la palabra maldito y cierto rubor, más que un verdadero temor a la muerte, se apoderó de mi cuerpo. Mamá no me dejaba decir malas palabras como a Alex, a quien le permitían prácticamente todo.

La metralla no me alcanzó. Mi hermano me jaloneó el brazo con tal brutalidad que mi hombro estuvo a punto de dislocarse. No lo pude mirar a la cara. Había sobrevivido a una descarga aérea, lo cual hasta cierto punto era importante, pero Alex quería torcerme el cuello como a un pollo y hundir mi cara en el barro por haberme expuesto de esa manera.

Ese miedo, que se metió por primera vez dentro de mí al oír el rugido de los aviones y me produjo un instante de enajenación, me acompañaría toda la vida. A veces se repetía sin razón alguna. Empezaba con un sudor frío que me helaba la nuca y luego con la conciencia de mis propios latidos. Qué extraño, pensaba, qué es ese sonido que reverbera dentro de mi cráneo como el badajo de la campana, qué cosa late con tanta fuerza al punto de parecer un tambor. El ruido de aquel tambor era más fuerte que el hambre. Conocía el sonido del hambre en mi cuerpo, sabía cuándo bajaban los niveles de glucosa en la sangre y mi cerebro emitía una alerta roja que a los pocos minutos se traducía en sopor y cansancio. Esto era otra cosa. Este era un sonido aberrante, mi cuerpo entero era una caja de resonancia. Eran como pisadas de gigantes. Podía escucharlos, estaban dentro. Y después de un momento comenzaba a sentir un efecto aplanadora. Mi cráneo era aplastado por una fuerza compacta como la de un hierro hundiéndome en la tierra. Me fallaba la respiración. Tenía la tráquea blindada y mi respiración era agitada. No podía controlar el ritmo de mi aire, solo me respondían las piernas y corría alrededor de los árboles como un perro loco. Quizás pensaba que correr aliviaría el peso de mi alma y transformaría el miedo en sudor y el sudor en serenidad. Pasados unos minutos, mi cuerpo comenzaba a relajarse, aunque mientras sufría el ataque yo no era consciente de que el terror pánico desaparecería. Pensaba que me quedaría así, que yo era así y que siempre sería de esa manera.

Antes de que se anunciara la inminente llegada de la guerra me gustaban los cuentos de Hans Christian Andersen. *El patito feo, El ruiseñor, Pulgarcita, El traje nuevo del emperador.* Luego mi imaginación empezó a poblarse de otros elementos: sangre, bombas, destrucción, soldados, hambre, muerte. Tales eran los nuevos ingredientes que utilizábamos para construir nuestros relatos. Misha y yo podíamos haber jugado a las muñecas o a intentar reproducir una máquina que emitiera el sonido de un ave, como en *El ruiseñor*, pero ahora teníamos una guerra que librar, alguien todavía invisible de quien defendernos.

El tío Método no se llamaba Método y tampoco era nuestro tío. Era un señor que siempre andaba por el pueblo, quizás sí era nuestro pariente y yo no lo sabía, pero teníamos la sensación de que el único vínculo que nos unía era el de una simpatía mutua. Tenía esposa e hijos en edad de ir a la guerra, pero nosotros siempre lo veíamos solo, conversando con papá o acudiendo al llamado de cualquier vecino. Tenía la cabeza dividida en dos matas de pelo demasiado blanco para su edad, iba descamisado y con los tirantes flojos y no porque fuera un hombre desaliñado. Era inmaculado, pero andaba en constante movimiento al servicio de lo que cualquier persona a su alrededor pudiera necesitar. Si querías algo, cualquier cosa que tus papás no quisieran darte, el tío Método te la facilitaba sin problemas. Ese día, el día que descubrimos la muerte y la posibilidad de morir, el tío Método estaba sentado bajo la sombra de un árbol mientras llenaba una pipa con tabaco.

Hablemos del viento, nos dijo a Misha y a mí. ¿Qué puedes decir del viento, Vera? Yo diría que sopla. Algunas veces fuerte. Otras veces suave. Mueve hojas. Transporta cosas invisibles. Eso contesté.

Misha dijo que la palabra viento provenía de la palabra movimiento. Si no fuera por el viento todos nos quedaríamos petrificados y anclados al suelo como una estaca.

¿Sabías que el viento tiene un color según quien lo mire? Yo, por ejemplo, ahora mismo lo veo morado, dijo el tío Método, mientras el protagonista de nuestra conversación agitaba con alegría todas las cosas verdes a nuestro alrededor.

Según el tío Método, cada cual podía ver un color en el viento y ese era el color que te definía, con el que te comunicabas y a través del cual podías llegar a entender ciertos misterios de la existencia.

Miré con detenimiento las piedras y árboles a mi alrededor, a ver si era factible detectar cómo el viento tropezaba con los objetos, de qué manera hacía bailar a las hojas imprimiéndoles algún tipo de señal que me ayudara a reconocer el color que definiría mi existencia. Me esforcé en encontrar mi viento con la seriedad y concentración de quien intenta mover una cuchara con la mente, pero solo pude sentirlo en toda su agitación y vivacidad cuando me trepé a la copa de un árbol y percibí en mi cuerpo el frío de las alturas. Misha me distrajo con un plan para crear un huracán en una colonia de hormigas haciendo agitar un abanico con fuerza. A veces eres un poco ruin, Misha, le grité desde la altura infinita de mi higuera seca. Y Misha, con sus trenzas larguísimas y un vestido que en vez de quedarle encajado en las caderas se le trepaba hasta la cintura, reía mientras me lanzaba piedras para que bajara de una vez del árbol.

Qué cosa absurda que el viento pueda ser de un color, dijo Alex, nuestro coronel incrédulo, mientras le pegaba un lingotazo a la botella de aguardiente que el tío Método había tapado con su sombrero. Luego se secó la boca con el dorso de la manga y escupió al suelo. Método está loco. No había terminado de pronunciar esa frase cuando comenzó a soplar el viento que de pronto trajo unas nubes espesas y rojas. Abríguense, que ya empieza a correr el fresco, dijo el tío, oculto tras el árbol que acababa de mear.

Fue un cambio trascendental e indescriptible, la luz se transformó de una manera antinatural. Al principio pensé que solo yo era capaz de percibir ese aire enrarecido y que ese viento era mío, el mismo que a partir de ahora me acompañaría y definiría. Sentí mi espíritu revuelto, como el aire que hacía girar sobre su propio eje a todas las hojas caídas. Miraba a Método, con los ojos entrecerrados como un místico en trance, miraba a Misha enmudecida y miraba a Alex frotándose los brazos con las manos y dando pequeños saltos en su sitio. ¿Este momento era de todos o solo mío? Podría ser de todos, como nos había dicho Método, pero yo tendría que identificar su color, hacerlo mío para convertirlo en un sistema de protección. Ya no tendría que esperar a que pasaran dieciséis lunas para que todo estuviera bien, como me había dicho Alex.

Después de algunos minutos se volvió imposible mantenerse sentado o de pie por la furia con la que soplaba aquello que hasta hacía un momento habíamos llamado viento. Era un huracán, un tornado, o quizás era la propia guerra y sus protagonistas, que en vez de asesinar con armas enviaban una fuerza de la naturaleza para liquidarnos. Método decía que no me preocupara, que no tuviera miedo, que todavía teníamos muchas cosas que hacer en este mundo. El hecho de que lo dijera mientras echaba humo por las fosas nasales me daba cierta tranquilidad, aunque cuando vi volar su sombrero por los aires se activó el efecto aplanadora en mi cráneo y entonces él tuvo que encajarme debajo de su axila hasta que conseguí calmarme.

No era el color de mi viento el que había descubierto. Tampoco el fin del mundo o la verdadera guerra mundial, aunque tuvimos que refugiarnos en el búnker en construcción, como si se tratara de la llegada de los bombardeos para protegernos de ese fenómeno de la naturaleza, un viento que llegaba del desierto cargado de arena y que algunos llamaban simún y otros, siroco. Al final del día me dio un poco de rabia tener un viento compartido. Yo quería el mío, el que solo yo pudiera ver, con el que pudiera conversar y entender eso que el tío Método había llamado los misterios de la existencia.

Ese día descubrimos que la vida tenía un final y que, como los muchachos robagallinas, podíamos morir en cualquier momento. Pero eso no era lo que más me inquietaba. Lo que me resultaba más triste era convertirme en un objeto al morir, en una cosa inerte en el suelo, algo sin valor ni afecto. Mamá siempre decía que después de muerto te ibas al cielo y que en el cielo te encontrarías con un montón de otra gente muerta y el ambiente sería como un permanente picnic en el campo. Al final de ese día yo tuve la impresión de que eso era imposible. Esos sacos de papas en el suelo nunca podrían tener ánimos para juntarse con más gente a la orilla de un lago y bajo un cielo claro. De existir un mínimo de consciencia en el más allá, la muerte tenía que ser la cosa más aburrida del mundo. Y esa opción, la de tener un mínimo de consciencia después de muerto y ser, al mismo tiempo, un saco de papas, me parecía terriblemente soporífera. Mil veces mejor sería un sueño donde no sueñas y del que no despiertas más.

Desde entonces ya no quise morir. Ya no tuve interés en saber si el cielo era un picnic o un lugar en llamas porque había llegado a la conclusión de que, en cualquier caso, sería aburridísimo. Ahora prefería estar donde estaba, amenazada por soldados, en medio de una guerra, pero rodeada, todavía, de quienes más quería. Ya no quería morir. Me gustaba más la idea de encontrar un viento que tuviera el color de la vida, un viento que transformara todas las cosas a nuestro alrededor y nos trajera algún tipo de vehículo o de puerta para escapar del infierno en el que estábamos metidos.

8

Mi pescado preferido es la trucha. Me gusta pensar en su condición de pez migrante capaz de huir del agua dulce donde nació para adentrarse en la inmensidad de un mar desconocido. Me gusta creer que se hacen fuertes en un territorio hostil, que se entrenan y ejercitan cada una de sus escamas para acumular la fuerza necesaria y, algún día, nadar de regreso al lugar del que salieron. Pienso en ese mar descomunal y en el río a remontar mientras observo, acodada en mi ventana, el parque por el que paseo todas las tardes.

Debería vestirme y salir. Son ya casi las seis y quedé con Angelita en que nos encontraríamos para contarle cómo me había ido con el trámite de esta mañana. Debo salir, pero no quiero cruzarme con los demás vecinos, especialmente con don César. Está muy viejo y repite mucho las cosas, que si su nieto ganó un campeonato de ajedrez, que el precio del pollo ha subido o que si están de oferta las licuadoras. Me carga, especialmente cuando dice que hay muchos autos y que moriremos todos intoxicados por el monóxido de carbono. Moriremos de todas formas, replicará la señora Inés, acompañada de una auxiliar de enfermería encantadora, joven y servicial, que la ayuda a aligerar el esfuerzo lunar de dar un paso y luego otro. Moriremos y el planeta, a su vez, será devorado por el sol o explotará como al principio de los tiempos. ¿Hace cuánto existimos?, ¿trescientos mil años? Esto tiene que acabar en algún momento, ¿no? Inés siempre anda con Monina, quien jura haber gozado de una extraordinaria vida de millonaria. Dice que fue a un colegio de monjas donde aprendió varios idiomas y unos modales de señorita fina. Monina supera ampliamente los noventa años, aunque es muy coqueta y nunca quiere decir su edad exacta. Se tiñe el pelo y las cejas de negro carbón, se delinea los ojos de azul y se pinta los labios de un rojo escarlata borroso, como si se acabara de limpiar la boca con una servilleta o hubiera dado un beso apasionado. Tiene una fuerza expresiva moruna, un aire de exestrella del flamenco. En algún lugar del pasado debió ser una mujer intimidante. Monina debió dar muchas órdenes, pero ahora solo les ordena a los perros que se alejen del círculo invisible que traza a su alrededor cuando camina con Inés. A mí me gusta escuchar sus historias de abolengo y burguesía conservadora, su mundo ideal y frívolo, donde no hay lugar para el sufrimiento. Es verdad que también le pasaron cosas tristes: pérdidas, enfermedades y, sobre todo, la angustia de la plata. Eso debió ser terrible para ella. Ver cómo se desmoronaba su castillo de mayordomos, choferes, cocineras, sofás aterciopelados y cuadros barrocos. Veo su cabecita negra, todavía erguida, mirando al cielo para captar los rayos solares. Para tonificarme, dice. Y a mí me da risa pensar que un par de viejecitas tengan que tonificarse cuando el tiempo ha avasallado completamente sus cuerpos. Por si acaso, yo a veces miro también hacia arriba, a ver si un rayo de sol me devuelve algún año de vida.

Recordamos lo que nos gustaría haber sepultado en el olvido y, sin embargo, no recordamos palabras como rompemuelles, buzón o paradigma. Monina vuelve a sus recuerdos de aristócrata y yo a la guerra. Últimamente se me ha dado por hablar de papá con ellas, en especial con Angelita, que me pregunta mucho por mi infancia y, quizás a raíz de la muerte de Alfonso, por la presencia de mis padres en Lima. Yo le cuento. Yo le digo que mamá murió relativamente joven, algunos años después de nuestra llegada al Perú. Ella, que nunca se quejaba y no manifestaba ningún indicio de ira o incomodidad, un día se cayó de rodillas al salir de la panadería. Se le nubló la vista y me dijo, Vera, no veo nada, todo se terminó. No se terminó todo ese mismo día, pero sí a los pocos meses. Hicimos lo que pudimos para extirparle esa piedra podrida que se ramificaba y crecía dentro de su organismo a una velocidad imposible. Se fue de la manera natural con la que vivió, sin aspavientos ni lágrimas. Se fue una mujer buena, dijo un amigo de mis padres al pie del ataúd. Y esa simpleza, una mujer buena, me pareció que encerraba la esencia de mi madre. Siempre había algo antes que ella. Comía menos o la peor parte y nunca supimos de sus dolores o catarros. Se ocupaba de todo lo que pudiéramos necesitar y, aun así, con el tiempo que tenía libre, leía muchísimas cosas sobre lugares remotos. Lo sabía todo de las pirámides, de los ríos más largos y las cataratas más furiosas. También sabía guisar, coser, bordar, lavar y todas esas gestiones de la vida doméstica que, hasta hoy, por más que me considere una persona ordenada incapaz de irse a la cama sin haber lavado los platos, me siguen pareciendo aburridísimas. Ahora que lo pienso, todo en ella fue natural y auténtico, incluso su partida. No digo que no lloré ni sufrí cuando se fue, pero ejercité el desapego con cierta docilidad, quizás porque sentía que tenía que cuidar de papá, que estaba hecho añicos. Cuando papá partió todo fue distinto. Él, que era capaz de construir una casa con sus propias manos y nos había hecho huir de la guerra, se volvió muy frágil, inútil y vulnerable cuando mamá murió. Era como si el motor que lo mantenía activo y a la defensiva se hubiera apagado. Éramos un núcleo, una familia corriente que atravesó una situación extraordinaria y nos mantuvimos fuertes y unidos mientras estuvimos en peligro, pero cuando llegó el momento de ejercer la libertad estábamos exhaustos. Y ellos, claramente, estaban más cansados que yo porque se fueron demasiado rápido.

Cuando pienso en papá recuerdo una mañana en que todo el valle frente a mi casa estaba cubierto de agua color avellana. Parecíamos sumergidos en una pecera gigante y solo la copa de los árboles salía a flote de esa bruma de algodón sucio. Había llovido toda la noche y se había inundado la entrada de nuestra casa. Yo debía sentir algo parecido a la ansiedad porque tenía la certeza de que no celebraríamos mi cumpleaños. Sentía una ramita de frío en la nuca porque el día anterior mamá me había cortado el pelo y eso me hacía pensar que era una niña nueva y mayor. Yo era consciente, o quizás lo fui de adulta cuando apareció ese recuerdo, que había un impedimento incuestionable para la esperada fiesta de cumpleaños. Me veo a mí misma sentada en la cama, enfadada o temerosa, envuelta en sábanas y acariciando en círculos la punta de la almohada, atrapada entre el dedo pulgar y el índice. Papá, de pie en el umbral de mi habitación, me atravesó con la mirada y estoy segura de que leyó mi mente. No te preocupes, pequeña Vera, me dijo. Te prometo que te llevaré en hombros al pueblo para buscar tu regalo. No nos ahogaremos en el camino. Recuerdo ese momento con nitidez. Con el tiempo muchas cosas se han desvanecido: detalles, personas, objetos, incluso el regalo. ¿Fue una caja de música?, ¿un vestido?, ¿un lazo?, ¿un libro?, ¿realmente fuimos a comprarlo? Es como si recordara la escena pero no la utilería, como si me hubiera quedado con la esencia del argumento después de ver una película pero ninguna idea sobre los protagonistas, sus nombres, ubicación geográfica o rasgos físicos. La esencia, lo que quedó, fue la sensación de que me llevó en hombros, eligió mi destino, me sacó de una guerra, de mi propio país, escogió otro lugar y decidió dónde tenía que llevar a cabo mi propia vida. Por eso me llené de rabia cuando se murió. Yo pensaba que si habíamos sido capaces de cambiar de corazón después de que se nos rompiera el que teníamos, seríamos capaces de todo. Pero no fue así, papá se dejó matar de soledad y desamor. Quizás fue porque su corazón era más viejo, estaba más cansado o sufría de otro tipo de desperfectos. En cambio, como en una prueba de resistencia sobrehumana, el mío siguió latiendo de forma incontrolable.

Solo tengo un recuerdo clarísimo de mis padres vivos en Lima y es en la playa. Bajamos a La Herradura con nuestras ropas invernales, que eran nuestros únicos atuendos. A papá le regalaron una botella de vino blanco por Navidad en la empresa naviera donde había entrado a trabajar y nos la bebimos a la orilla de un mar frío y en calma. Yo no había cumplido los quince, el calor nos aplastaba y el vino era el único líquido que habíamos traído. Bebíamos, yo menos que ellos y a regañadientes de mi madre, mientras la luz del verano iba cambiando el color de nuestras pieles. Me sentía exultante, poderosa y animé a mis padres a bañarnos juntos en el mar. Allí estábamos los tres, con los trajes abrigados que arremangamos como pudimos. Nada parecía turbarnos, no teníamos miedo, habíamos adquirido un corazón nuevo y fuerte, teníamos renovadas inquietudes y expectativas sobre la vida. Al salir del mar y ubicarnos sobre el mantel en la arena me sentí, o quizás me siento así ahora que lo recuerdo, en una especie de momento cumbre en nuestras vidas.

Cuando llegamos a Perú, en 1943, donde vivo desde entonces, huyendo de todo aquello que conocíamos, vivimos una escasez casi tan angustiante como en la guerra. Llegamos con nuestros baúles llenos de herramientas porque pensamos que atracaríamos en la estampa tropical de monos, palmeras y tucanes. Lima no era la jungla que imaginábamos. Lima era una ciudad sin flores y con casas de ladrillo y cemento. Papá había comprado bisagras porque pensaba que sería el primer ser humano en tener una puerta en Perú. Pero aquí había puertas, ventanas, personas vestidas con bastante más ropa que un taparrabos. Tenían hasta un alcalde, un tipo bajito, de vientre abultado y gafitas redondas. Un pingüino en apariencia y en esa manera de andar demasiado atildada para ser el hombre primitivo que esperábamos encontrar. Nos instalamos en una pensión en el centro de Lima. Se llamaba Gran Hotel, pero de gran no tenía más que el nombre. Era pequeño, oscuro, húmedo y las escaleras de madera estaban tan apolilladas que cada pisada y cada crujido parecían hundir un milímetro más el edificio. Para subir esas escaleras, lo recuerdo bien, uno tenía que fingir pesar lo que una pluma, apenas rozar con la punta de los pies cada peldaño para evitar que se desmoronase como un castillo de naipes. En este hospedaje de paso y sin encanto dormíamos en la misma cama y en el centro, como un sol sobre el que gravitábamos para sobrevivir, colocamos uno de nuestros baúles. Nos servía de mesa y de depósito de todas las cosas inútiles en las que invertimos nuestro poco dinero antes de embarcar a Lima.

Papá, que estaba lleno de buenas ideas, propuso salir a dar una vuelta con nuestro diccionario en la mano para ir descifrando una ciudad que se nos hacía futurista comparada con la imagen edénica que teníamos de Lima. Recuerdo la canción que escuchamos esa noche en la radio porque gracias a ella memorizamos nuestras dos primeras palabras en español: *El espejo de mi vida*. Tengo esa canción cómodamente instalada en algún lugar de mi cerebro. No tengo más que escuchar el primer acorde para que se proyecte la misma película con gran precisión y nitidez: el diccionario en la mano y el estofado de carne en la mesa reflejados en el espejo arenoso del restaurante donde compartíamos mesa con los obreros de una construcción vecina. Ellos comían callados, jugando al pimpón con la mirada, fijando la atención en cada uno de estos seres extraterrestres hablando un idioma incomprensible. Más tarde, mi padre buscaría aquellas palabras anotadas por mamá en un papel guardado en su cartera: «espejo» y «vida». Esas palabras son demasiado abstractas y sentimentales para nosotros, dijo. Mejor aprendamos a decir dónde queda, cuánto cuesta y cómo llego.

Llevábamos dos meses en Lima y sabíamos muy pocas palabras en español y de nada servía saber ruso, italiano, alemán, croata y mucho menos griego o latín. Papá encontraba trabajos esporádicos de panadero, distribuidor de carbón, lavandero y pintor de fachadas. Animada por mí, mamá aceptó ir al mercado de Jesús María a buscar bazares interesados en comprar los ropones, gorritos y zapatitos para bebés que éramos capaces de tejer en pocas horas. Encontramos una clienta y gracias a ella pudimos comprar algunos alimentos para completar la canasta familiar de la semana. Esperábamos a papá con la mesa puesta de la forma más alegre que podíamos, con las margaritas que cortábamos en el parque para adornar nuestra mesa.

Una de esas noches en las que compartíamos un par de zanahorias y medio pollo para cenar, él descargó su furia sobre la mesa. Hemos venido a buscar una vida mejor y seguimos en la misma miseria. ¿Algún día podré comprar un par de zapatos, una carne, tener un trabajo, un hogar caliente?

A la semana siguiente encontró trabajo en una empresa naviera, donde empezó como repartidor y, al poco tiempo, fue ascendido a vendedor de repuestos. Su facilidad con los idiomas hizo que se pudiera comunicar con migrantes como nosotros que ya llevaban más tiempo en la ciudad y ahora regentaban prósperos comercios. Así fue como conoció a un señor que le ofreció un trabajo en un banco, donde también aprovecharon su dominio de varias lenguas para tender puentes con otros países. Mamá se dedicó a la repostería y comenzó a vender dulces a los vecinos del barrio. Las cosas empezaban a mejorar, aunque en mi corazón nuevo apareció una pequeñísima grieta por donde se colaban voces del pasado. Un viento antiguo y lejano arrastraba nuestros nombres. Eran Misha y Alex con sus voces de niños suspendidos en el tiempo que me llamaban y pedían auxilio desde el fondo de la tierra.

Ese día en la playa debí darme cuenta de que estábamos viviendo el momento cumbre de nuestras existencias, el día en que con más o menos problemas habíamos alcanzado una meseta, el dominio de nuestros cuerpos y una sensación de bienestar. Estábamos frente a un camino despejado que podía conducirnos hacia una vida mejor, próspera, quizás incluso podríamos algún día volver a nuestro país para visitar a los primos, a los tíos. ¿Seguiría la abuela con vida?

En ese momento, los recuerdos eran cada vez más imprecisos. Las personas más queridas y ausentes empezaban a perder sus contornos. ¿Por cuánto tiempo puedes retener un olor? ¿En cuántos días se desintegra una voz que has dejado de escuchar? Al principio no me gustaba soñar con ellos porque era una forma de tenerlos y no tenerlos al mismo tiempo y eso me generaba mucha ansiedad. Los sueños eran muy reales y en ellos jugábamos a la guerra como en el pasado y yo podía sentir el olor a tierra, a pólvora, a hierba. Algunas veces pasaban cosas muy extrañas y entonces yo, dentro del sueño, podía sentir que no era verdad aquello que veía, que no podía ser que los árboles se pusieran todos amarillos o que los muertos se levantaran de sus tumbas, pero aun así, con ese mínimo de autoconsciencia, podía mantenerme dentro del sueño. Lo único que realmente me hacía despertar era cuando los tocaba. Cuando yo estaba a punto de abrazar a Misha o Alex, despertaba. Era como si existiera una condición inexcusable para el soñador. Puedes soñar, pero algo siempre te recordará que eso que crees estar viviendo no es real. Así fue como deseé que los sueños me abandonaran, que el recuerdo se disipara, que Misha y Alex no volvieran a mí. Me empeñé en aprender mi nuevo idioma y hacer nuevas amigas como María Elena, Carolina, Claudia, Ruth o María. No quería encontrarme a Misha y Alex en sueños porque me dolía no poder tocarlos, porque no alcanzaba a notar si habían crecido tanto como yo y si seguían creyendo en las cosas que antes creíamos, cuando los tres formábamos parte de ese ejército sentimental al que llamamos koschéi. Al cabo de los días, los meses y los años, mi deseo se cumplió y no volví a soñarlos. Ellos dejaron de visitarme mientras dormía pero, en contra de mi voluntad, sus voces no se apagaron. Decidieron habitarme.

Vuelvo a la trucha, mi pez preferido. Veo a Monina, la encarnación de una bailaora en ruinas, arrastrar sus pies y acercarse al intercomunicador de mi edificio. Oigo el sonido del intercomunicador y veo truchas, veo truchas en el río, truchas en el supermercado, truchas en el plato, veo mi parque inundado de truchas que se alzan por encima de las cabezas de los paseantes buscando un rincón por el que escurrirse, veo truchas locas y salvajes, veo truchas por todas partes, truchas que siguen un instinto que desafía la corriente para volver a casa.

Le digo a Monina que bajo en un momento, que espero a Angelita y que ahora estoy ocupada organizando la ropa de Alfonso. No es cierto. La ropa de Alfonso la apilé en el salón de casa a los siete días de su muerte y organicé una montaña perfecta después de rebuscar en todos los bolsillos por si se había dejado un tesoro escondido. Le hubiera podido prender fuego a todo eso en un ritual arcaico para avivar la creencia de la vida en el más allá, pero le dije a Angelita que mejor llamara a los Traperos de Emaús para que se lo lleven todo: sus cinturones, sus calcetines, sus camisas, sus corbatas, sus pantalones. Todo. De Alfonso no me quedé con nada que oler ni besar por las noches.

Angelita toca la puerta. Tiene una forma de tocarla. Cinco golpes cortos y seguidos, espacio, dos golpes más fuertes y secos. Es una especie de clave interna, significa que no hay moros en la costa, que el área está despejada y no hay otra vecina en la puerta queriendo dejarme una mazamorra morada, una torta de plátano o un té con canela por esto del duelo y la viuda triste. Cuando llama de esa forma a mi puerta es porque está sola y alegre, porque cuando está triste —y esto ya no es una clave sino una deducción—, en vez de tocar la puerta llama al timbre.

Me dice, a trompicones, que en mi ausencia ha recibido una carta, una carta que trajo un conserje y que de seguro tiene que ver con la muerte de Alfonso, porque es muy raro que justo el día que finalmente inscribo su muerte para poder cobrar su pensión me llegue una carta. Por el membrete descubrimos que el remitente es un estudio de abogados y por el apellido que nombra al bufete deducimos que se trata de un amigo nuestro de la juventud: Federico José Rivera Antúnez de Mayolo. El pobre cornudo de Tico tenía algo que decirme:

> *Estimada Vera, esta carta, además de servir para transmitirte mi más sentido pésame por el fallecimiento de un buen amigo y hombre íntegro, tiene como fin hacer de tu conocimiento que guardo en la más absoluta reserva un encargo que Alfonso me entregó hace dos años para que te lo hiciera llegar en caso de muerte y/o invalidez.*
> *También me gustaría...*

No sigo leyendo. Le cedo a Angelita el honor. Hoy lleva una chompa de rayas azules marineras muy ajustada y un cinturón rojo de charol. Nunca le pregunté la edad, pero calculo que debe tener algunos menos que yo. Quizás ni siquiera ha traspasado los sesenta, lo deduzco por la edad de su hijo el Tuerto, que debe tener unos cuarentaidós, y sé que ella quedó embarazada antes de cumplir la mayoría de edad. Ha sido un día duro, le digo. No sé si quiero saber nada más por hoy. Angelita se pone de pie y ensaya un paso de salsa con la carta en la mano. Arréglate que nos vamos donde el Tico ese, me dice. ¿Se divorció, finalmente?

9

Misha tenía una nariz prominente de la que se avergonzaba, sobre todo cuando en la escuela las niñas le preguntaban si algún día le llegaría hasta el cielo. A manera de cortina llevaba un flequillo larguísimo que le tapaba los ojos y le encubría la timidez. Era una niña temeraria, más arriesgada que Alex cuando se trataba de saltar o trepar árboles. Y era fuerte. Tenía huesos anchos y podía torcerle el brazo al mismo Alex cuando jugábamos a entrenar para nuestra futura y decisiva intervención en la guerra.

Recuerdo que era diciembre, aunque apenas teníamos un pequeño árbol para recordar que se trataba de un día festivo. No era un árbol entero, en realidad era una rama de pino que Misha había cercenado con un serrucho mientras yo sujetaba la escalera para evitar que se precipitara al suelo. Era la primera vez en su vida que Misha celebraría la Navidad. Ella era de una religión diferente a la mía. No creía en la Virgen María ni en Jesús. Mejor dicho, tal vez existió una señora que tuvo un hijo llamado Jesús, pero no creía que el niño pudiera haber sido engendrado por un ave. Tampoco creía en los santos, que en estos días debían estar repartiéndose el trabajo como locos para cumplir con las necesidades de tanta gente al mismo tiempo. Ella creía en Dios y celebraba otro tipo de fiestas. Los viernes, por ejemplo, no podían hacer nada, ni siquiera la dejaban conversar con nosotros, y tampoco podían comer seres acuáticos que no tuvieran escamas y aletas al mismo tiempo. El cerdo también estaba prohibidísimo, pero Misha, tal vez para disimular, se pegaba unos buenos atracones de langostinos y jamón cuando iba a casa. Un día me confesó con un hilo de voz que era judía y tenía mucho más miedo a ser expulsada de nuestro ejército koschéi que a los gritos de su papá si la veía comer cerdo. De todas formas, desde que llegaron las noticias de una guerra inminente y la comida empezó a escasear, ya no fue necesario guardar costumbres porque cualquier expresión de religiosidad fue sustituida por la urgencia del hambre.

Misha se mudó a nuestra casa de forma permanente. Nuestros padres nos dijeron que, para todos los efectos, yo tenía que decir que era una prima de visita, una visita que había tenido que prolongarse más de la cuenta cuando la guerra llegó a nuestro pueblo. Por las noches, sus padres dormían en el escondite que papá y Alex cavaron a la entrada de la casa, detrás de un armario. Era un espacio muy reducido y húmedo que nosotros utilizábamos para jugar y los padres de Misha para dormir. Algunas noches papá también invitaba a dormir a otros vecinos o a gente que estaba de paso y tocaba la puerta en busca de comida. Si no cabían en el escondite principal, papá los llevaba al granero, donde había habilitado unos colchones para nuestros huéspedes esporádicos. Por culpa de todos ellos comíamos cada vez menos, pero papá y mamá creían firmemente en la reproducción de los peces y los panes, en que el amor tenía la forma de un bumerán y en que no podíamos dejar a otras familias sin techo ni comida aun cuando, renegaba Alex, eso podía costarnos la vida.

Cuando no estaban buscando comida o agrandando el búnker, los adultos estaban pegados a la radio. Nosotros intentábamos entender qué decían y quiénes eran exactamente los nazis. Sabíamos que eran alemanes. Mejor dicho, Alex sabía todo de ellos y de cómo se estaban apoderando de un montón de casas que no eran suyas y de todo lo que encontraban a su paso y les parecía conveniente.

En ese nuevo trajín de gente, los vecinos más jóvenes teníamos una misión. Éramos los encargados de moler los granos de maíz. El olor del maíz recién molido era nauseabundo, pero las órdenes de Alex eran incuestionables. Con ese maíz molido preparábamos polenta. Al principio con sal, leche y alguna verdura, pero la sal y la leche también se terminaron así que la polenta fue en franco declive hasta la insipidez absoluta. Como era invierno, las frutas escaseaban, aunque de todas formas ya teníamos prohibido salir de la casa, así que no podíamos inspeccionar la zona en busca de alguna frambuesa o manzana rezagada. Como nuestros padres estaban tan enfrascados en sus conversaciones y en las noticias que traía la radio, Alex, Misha y yo nos escapábamos cuando podíamos para buscar algo de comer.

Papá y mamá estaban equivocados. Las habilidades de Alex eran notables. Ya no era un niño. Era un guerrero y debíamos pasar a la acción pronto o él terminaría uniéndose a un ejército de verdad, como ese compuesto por hombres y mujeres que tomaron las armas para unirse a un ejército popular de liberación, enfrentando a los buques y aviones enemigos desde sus pequeños botes de pesca. Misha y yo no queríamos que Alex se internara en el bosque con todos ellos y estábamos dispuestas incluso a matar para que nos considerara unas verdaderas militares.

Por ese entonces ya se empezaba a hablar mucho de Tito como una especie de héroe secreto. Alex sabía todo de su nuevo ídolo. Decía que de chico quiso ser camarero para poder vestirse de etiqueta, que había llegado a ser el sargento más joven, que estuvo preso en la Unión Soviética, que tenía heridas de guerra, que era un espía, un genio y que solo él, con su poder y fortaleza, podría echar a los nazis de nuestro pueblo. Para Alex, Tito era Dios, el hombre que podía devolverle la paz a nuestro pequeño mundo en llamas. En nuestro fuero interno sabíamos que traicionábamos a papá al tener como referente moral y cívico a un comunista, pero no podíamos evitar sentir una gran ilusión por esos hombres y mujeres que estallaban en aplausos cada vez que el mariscal se elevaba hasta los cielos como un Cristo resucitado prometiéndonos la unión y el fin de la guerra. Gracias a Tito éramos rebeldes de corazón y soñábamos con formar parte de aquellos bosques donde florecía la esperanzadora revolución.

Aquella noche, antes de que los padres de Misha se fueran a dormir al calabozo, oímos un portazo. Podría haber sido el viento, pero era Alex. Oímos a mamá gritar su nombre desde la cocina, luego la vimos jaloneándolo a la entrada, pidiéndole que no se fuera. Papá levantó la mirada y se acomodó en el sofá como queriendo hundirse hasta llegar al suelo. Mi hermano llevaba un morral al hombro. Qué pensamientos habrán estallado en su cabeza aquella noche cuando se robó un caballo y salió al galope hacia algún lugar imposible de adivinar. No puedo saber qué sintió. Misha y yo estábamos muy desconcertadas porque no nos había participado ninguna acción inmediata. Alex era el hombre más valiente del mundo, mucho más que papá, el más fuerte, el que me inspiraba más amor y, al mismo tiempo, al que más temía. Podía ser muy violento con una mirada, podía herirte de muerte con un adjetivo, pero a la vez era muy dulce y suave cuando te sentías vulnerable frente a la cosa más pequeña. Era muy extraño que no nos dijera nada, pero, por otra parte, luego dedujimos, quizás había hecho algún tipo de pacto con otro ejército y aceptaron que formara parte del mismo a cambio de no revelar sus coordenadas y sus afectos. Aquella noche nadie durmió en la casa, salvo papá, hundido en el sofá. Volverá, repetía a cada rato. Pasará tanto frío a la intemperie que volverá. Yo, la verdad, no lo tenía tan claro.

A la mañana siguiente, Misha y yo decidimos salir a buscarlo. Habíamos estado husmeando en las pertenencias de mamá para ver qué podríamos llevar en nuestra huida. Nos encantaba su pulverizador de perfume y una caja de música de la que emergía, inspirada y sílfide, una bailarina de ballet que giraba sobre su propio eje al compás de *Para Elisa*. Mamá nos sorprendió abriendo sus cajones y probándonos sus vestidos. Sus gritos de indecentes y maleducadas nos expulsaron del hogar. Misha y yo corrimos hasta quedar sin aliento y darnos de bruces con un vecino que nos informó de la tienda de campaña acondicionada a la salida del pueblo para donar sangre. Nuestro ejército koschéi, y en esto coincidieron nuestras miradas, quería contribuir a una causa tan buena: queríamos fundir nuestros glóbulos rojos bajos en hierro con la sangre de los héroes de la patria. Misha y yo corrimos a hacer la fila, pero fuimos expelidas por no tener la edad suficiente.

Seguimos caminando, un poco con temor porque en breve los adultos repararían en nuestra ausencia. Había alegría, frío y nerviosismo en nuestro andar. Misha despejó un arbusto porque le pareció ver algo duro y negro que resultó ser el casco de un soldado. Lucía fantástica con él. Sus conocimientos sobre los árboles, los juegos y las cosas que encontrábamos eran superiores a los míos. Tenía una gran imaginación y elaboraba historias fantásticas sobre todos aquellos objetos que recolectábamos. Del casco dijo que pertenecía a un desertor, alguien que seguro tenía ganas de combatir, pero se había arrepentido y ahora estaría de camino a cualquier frontera en busca de un territorio tranquilo.

El depósito de armas, esa grieta en la montaña por donde ingresábamos a nuestro pequeño universo, era nuestro verdadero refugio. Los días en que podíamos salir de casa, las pocas horas a la semana en que sentíamos un mínimo de libertad, dedicábamos el tiempo a buscar entre los arbustos cualquier tipo de armamento que pudiera agrandar nuestras reservas, como el casco que encontramos aquella mañana. También robábamos mantas y pequeños objetos que nadie echaría en falta, como una silla, un par de vasos o una botella de vidrio que trasladábamos secreta y silenciosamente. Lo más lógico era que Alex se hubiera escondido en nuestra grieta. Y como nuestra misión era encontrarlo, hacia allá nos dirigimos.

Nos detuvimos a recolectar mariposas porque Misha decía que había un tipo de mariposa comestible. Se llamaba Mariposa Alas de Pájaro y era tan grande que, efectivamente, parecía un pájaro y su carne, según había leído, sabía a pollo. Eran mariposas infrecuentes en la zona, pero también era infrecuente la guerra y bajo la premisa de un mundo desarreglado las posibilidades de encontrarnos con una Mariposa Alas de Pájaro aumentaban considerablemente. Con suerte, al caer la tarde podríamos freírnos una mariposa nutritiva y sabrosa. Mirábamos el cielo despejado de aviones, deteniendo nuestros ojos en las ramas de aquellos árboles donde se posaban animales exóticos.

¿Y si no volvemos?, dijo Misha. ¿Qué pasaría si encontramos comida y seguimos caminando hasta que salimos de la guerra? Podríamos buscar un trabajo en otro país. Conseguiríamos un poco de dinero y luego tomaríamos un barco. A mí me gustaría especializarme en comunicaciones por radio para unir a la gente que no se ve desde hace mucho, dijo.

A mí me gustaría ser enfermera, pero también poetisa, le contesté. O mejor viajera. Me gustaría ser una viajera poetisa enfermera.

Las cosas que hablábamos siempre se quedaban inconclusas. Un tema derivaba en otro que se amplificaba, viajaba y extendía al punto de convencerme de que nuestras conversaciones eran infinitas e inagotables. Justo cuando estábamos a punto de hacer una lista de las personas que conocíamos y desaparecieron sin dejar rastro, vimos una figura en lo alto de la montaña que llegó hasta nosotras con la ligereza de una cabra montesa. Al principio pensamos que podía ser Alex y lo atrajimos hacia nuestra ubicación con gritos y adioses. Pero no era Alex. Era un soldado que había perdido el casco. O eso aparentaba porque, si bien llevaba un uniforme puesto, no había ningún distintivo que lo identificara con un bando determinado. Misha, que sí llevaba un casco puesto y pertenecía a un ejército invisible, me preguntó si debíamos irnos o quedarnos. No me dio tiempo a contestar. El hombre ya estaba sentado en una roca próxima a nosotras.

¿Cómo se llaman, chicas?, nos preguntó. He escuchado sus risas desde lo alto de la montaña y me han dado ganas de reírme también.

Yo me llamo Hanna y ella se llama Nadia, mintió Misha.

¿Ustedes saben que no es seguro estar aquí? Si sus padres se enteran de que han salido de casa sin permiso les va a caer una buena tunda. Porque sus padres no saben dónde están, ¿cierto?

A él le habían dado muchas palizas de niño, agregó. Y lo dijo imitando la forma como le pegaban, dándose golpes en las piernas y simulando bofetadas acompañadas de pequeños gritos infantiles. ¿Alguna vez les han pegado? Estoy seguro de que no. Parecen unas niñas muy obedientes y buenas. Yo tengo un poder, dijo, que consiste en ver si las personas son buenas o malas solo analizando las palmas de las manos. ¿Me prestan las suyas?

El hombre lucía descuidado. No es que la limpieza fuera una virtud en aquellos tiempos, pero llevaba una barba que había crecido de forma silvestre, la chaqueta estaba toda embarrada y el pantalón hecho jirones. Parecía haberse desbarrancado desde lo alto de una montaña pantanosa. Tenía los párpados hinchados y rojizos, y un par de ojitos minúsculos del color del Adriático a punto de apagarse.

A ver, Nadia. Muéstrame la palma de tu mano y yo adivinaré si tienes novio o no. A tu edad yo ya me había besado con una chica suave y linda como tú, aunque luego la chica me hizo sufrir. Las mujeres a veces son despiadadas e indiferentes, pero seguro tú no eres así. ¿Tú que piensas, Hanna? Estás muy callada. Acércate, únete a nosotros, no te vayas tan lejos. Vamos a jugar a la lectura de manos, como los hechiceros.

Yo contemplaba al hombre sin saber cómo interrumpir su conversación. Quería preguntarle de dónde era y si había visto a Alex, pero el corazón me latía demasiado rápido como para poder articular una palabra. Una parte de mí se compadecía de un hombre loco o sucio o perdido y la otra se erizaba de una manera felina para advertirme de algún tipo de peligro que yo no lograba identificar. Demasiados pensamientos. Perdí el valioso contacto con la realidad por unos segundos. Un verdadero koschéi, no debería bajar la guardia nunca.

¿Dónde estaba Misha? Giré la cabeza cuarenta y cinco grados para no perder de vista al soldado con el rabillo del ojo derecho. Di un pequeño paso hacia atrás, pero el hombre se puso de pie como un resorte. No tengas miedo, me dijo. Solo quiero charlar un rato. Estiró su brazo inmundo para invitarme a compartir la piedra donde había estado sentado. O, mejor dicho, para invitarme a descubrir mi bondad, mi maldad o el futuro en la palma de mi mano.

A pesar de la lentitud con la que hablaba, sus movimientos fueron rápidos y alcanzó a rozar mi muñeca. Me escabullí como pude, como un conejo quizás o como un koschéi, con toda seguridad.

¡Nadiaaaaaa! Escuché la voz de Misha, pero no alcanzaba a verla entre los arbustos desparramados sobre las piedras. Alex está aquí, gritó. Por un momento pensé que, efectivamente, Alex nos había dado el encuentro, pero al acercarme a la voz de Misha vi que estaba sola, plantada sobre sus piernas largas y acrobáticas. Corrí hacia ella con todas mis fuerzas, aunque sentía que avanzaba con la misma velocidad que un animalito atrapado en arenas movedizas. Esperen, gritó el soldado. Tengo comida para ustedes. Pero no volvimos la vista atrás. Saltamos entre las rocas hasta que dimos con la grieta donde guardábamos el arsenal. Nos escurrimos dentro y, por fin, encontramos silencio.

Permanecimos inmóviles. Pensamos que el soldado vendría a buscarnos, a matarnos o a comernos. Quizás nos veríamos en la obligación de usar una de las granadas de Alex, pero antes de desperdiciar nuestra arma más poderosa recolectamos algunas piedras para nuestra defensa. Pasados unos minutos, aunque quizás fueron horas, decidimos contabilizar nuestro botín secreto: dos escopetas, una pequeña montaña de cartuchos, una granada, una pistola, dos cuchillos y un casco. Organizamos todo de una manera nueva, como quien asea el hogar y coloca un coqueto florero sobre la mesa del recibidor. Hasta nos dimos un banquete con unos tragos de agua y unos frutos secos que Alex debió dejar como reserva cuando todavía teníamos algo que guardar. Vamos a esperar a que el soldado de mentiritas se aburra de buscarnos, dijo Misha.

Cuando consideramos que era un buen momento para volver a casa, asomamos las cabezas por la grieta, pero tuvimos que retrasar nuestra partida porque a lo lejos vimos las siluetas de aviones como avispas. El espacio aéreo invadido nuevamente. Me puse a llorar porque ya no podríamos escapar de la cueva ni volver a casa. Papá y mamá se preocuparían mucho por nosotras y nadie saldría a buscarnos bajo una lluvia de bombas. Después de un par de días en relativa calma, imaginaba lo que estaba ocurriendo, a punto de ocurrir o ya había ocurrido. Casas registradas, personas detenidas, vías de acceso cerradas, hombres armados saltando de camiones en marcha, hogares patas arriba, órdenes a gritos. Misha volvió a asomar su cabeza rubia por la grieta y al volverse fue tajante. Límpiate la cara, Vera. Aquí nos quedaremos. No nos pasará nada y además este puede ser el punto de partida de nuestro viaje. Nos llevamos la pistola y nos abrimos paso hasta cruzar la frontera. Cogió la pistola y empezó a apuntar a sus enemigos imaginarios. Pam. Pam.

La noche comenzaba a caer y nuestro búnker natural, ya de por sí oscuro, se tornó completamente ciego. ¿Dormimos? No recuerdo si dormimos aquella noche. Recuerdo que, en un momento, a través de la grieta se encendió un rayo de luna creciente o menguante y salimos a presenciar la función bélica que a lo lejos incendiaba el cielo. Mientras allá se matan, nosotras juguemos a nombrar todas las ciudades del mundo que nos gustaría conocer, Vera, dijo ella. Tampoco sabíamos tanto de geografía y el globo terráqueo era todavía algo pequeño y más parecido a una pelota de fútbol que a un crisol de gente y posibilidades, así que nos quedamos con dos opciones. Yo elegí Moscú porque así Alex, el coronel comunista, nos podría ir a visitar y Misha eligió un París donde seríamos libres y grandes. En retrospectiva, la terrorífica anécdota del soldado ahora nos resultaba hilarante. Reímos recordando al andrajoso que intentó asustarnos y celebramos el exitoso plan de Hanna y Nadia. Esos podrían ser nuestros nombres ficticios cuando emprendiéramos una vida de novela protagonizada por dos niñas prófugas que deambulan por Europa hasta tomar un barco a América. Porque después de París, dijo Misha, nos fugaremos a Nueva York.

Esa noche, Misha y yo dibujamos un futuro espléndido que iniciaríamos a la mañana siguiente, cuando el primer rayo de sol nos diera en la cara, si acaso esa noche no moríamos petrificadas de frío.

Recuerdo también que recogimos ramas para organizar un lecho cuya almohada sería un montículo de arena. Lo rodeamos de piedras planas para acotar el espacio, encontramos los fósforos de Alex y encendimos —mejor dicho, Misha encendió— un pequeño fuego para calentarnos. Dormimos abrazadas de miedo o tal vez no dormimos porque se nos pasó el miedo. Silencio y vacío. Teníamos edad suficiente para saber que, tarde o temprano, moriríamos y que este podría ser el último instante de vida. El fuego empezó a consumirse y sobre las brasas de esa noche tejimos un nido de seguridad e ilusión por un mañana que no sabíamos si ocurriría, pero en el que —compartíamos la certeza— estaríamos juntas. ¿Vas a dormir? Es nuestra última noche, dijo ella. No contesté, pero en ese momento pensé, o a lo mejor pensé luego, que en realidad era la primera de nuestras vidas.

Vimos el amanecer desde nuestro refugio. Aunque ese día podría haber iniciado la huida que cambiaría definitivamente nuestros rumbos, decidimos volver a casa como dos heroínas que sobrevivieron al bombardeo de la noche anterior. Luego podríamos empacar algunas cosas y prepararnos para nuestro viaje definitivo hacia un mundo en orden, sin persecuciones ni bombas y donde la mayoría de edad empezaría a los doce años.

Asomamos nuestras cabezas por la grieta. Área despejada de soldados del demonio. Primero salió Misha y el resplandor me cegó por un momento. Un rayo de sol iluminaba nuestra guarida entre las nubes y yo me hallaba entre ellas, donde ya no caían las bombas, sino que se abría un camino resplandeciente y prometedor. Sentía cierto pesar por la preocupación de los padres debido a nuestra ausencia, pero nada definitivo, nada que pudiera opacar la gloria de nuestra gran aventura. No fue hasta que Misha pronunció su nombre sin alegría cuando reparé en que teníamos a Alex a pocos metros.

No estaba solo. El soldado lo tenía agarrado del cogote con una mano y con la otra le apuntaba en la sien con una pistola.

10

Cuando llegamos a la notaría, Tico me hizo entrega de una herencia. Alfonso me había dejado una caja de zapatos que contenía un casete y un reproductor. Qué cosa más romántica, dijo Angelita, aunque a mí me pareció diabólico tener que recibir algo proveniente del más allá. Permanecí en silencio todo el camino de regreso a casa mientras Angelita hablaba como el loro que habitualmente era. Yo pensaba que no era propio de Alfonso dar sorpresas. Nunca lo hizo en vida, todo estaba perfectamente organizado, no se atrevía ni siquiera a variar el gris, blanco, azul, negro o marrón de su vestimenta. A mi marido nunca le pasó nada trascendental, pensaba mientras me despedía de Angelita, entraba a la casa y me acomodaba en el sofá donde solíamos sentarnos a conversar en las noches. Tuvo un padre militar que murió sin heroicidad antes de que le diera tiempo de hartarse de la vida y una madre pianista que nunca se atrevió a tocar en público. No fue ni malo ni bueno en los estudios. No cultivó grandes amistades. A lo largo de su vida consiguió un par de medallas de atletismo y un auto deportivo. Sin embargo, bajo esa aparente tibieza, escondía ambiciones. Quería una casa, un carro más moderno, tal vez algunos viajes y un amor que le otorgara una dimensión feliz y especial que ojalá yo le hubiera podido dar. No era, desde luego, alguien que diera sorpresas o que dejara pendientes en caso de muerte o enfermedad. O quizás, simplemente, era que no lo conocía tan bien como creía.

Le di al play. Era él quien me hablaba sin estar. Vera, Verita, me decía. Cerré las cortinas, como si alguien pudiera verme desde fuera y me quedé a solas con su voz.

Últimamente se me ha dado por recordar, por pensar en ti y en la forma como lograste meterte en mi cabeza cuando te vi sentada en tu escritorio en la agencia de viajes. Si no hubiera sido por Teresa jamás se me habría ocurrido detenerme a averiguar sobre la posibilidad de un viaje para sacar a mi mamá del aburrimiento, aunque seguro el aburrido era yo.

El caso es que te vi, Vera y me sentí muy intrigado. No eras como las demás. Eras más alta, pero te movías como queriendo hacerte más chiquita. No te parecías a ninguna de las muchachas de mi barrio. Viene de lejos, me chismeó Teresita. Y yo quería saber de dónde, cómo y por qué habías terminado aquí, en esta ciudad tan gris y sin esperanzas. Me parecías un enigma, como uno de esos casilleros del crucigrama aparentemente imposibles de solucionar: «nombre en clave del español que engañó a Hitler», «uno de los cuatro tigres asiáticos», «apodo de Eisenhower». Yo sabía que todas las respuestas podía encontrarlas en el diccionario, pero eso era hacer trampa. Prefería esperar a que encajasen otras palabras para descubrir el significado. De la misma manera, yo quería descubrir dónde quedaba ese «lejos», por qué Teresita decía que te habían ocurrido cosas feas, que de repente era porque habías visto mucha muerte o porque la guerra te había dejado tocada y ahora te faltaba un tornillo. Incluso me llegó a decir que tu papá había sido un terrorista, un monstruo que coleccionaba los ojos de sus víctimas. En esa historia que contaban a tus espaldas, tu mamá era una asesina y tú habías sido secuestrada por esos dos demonios para despistar a los captores y pasar desapercibidos en un lugar tan remoto como el Perú. Todo eso me daba risa, pero también mucha curiosidad. Yo necesitaba, sí, necesitaba saber quién eras realmente. Quería rellenar el crucigrama gigantesco que tú eras sin necesidad de consultar ningún diccionario.

Teresa me recomendaba todos esos catálogos de potenciales viajes por el mundo mientras yo observaba tu porte de metro ochenta, un cuerpo compuesto de poca grasa, débiles músculos y huesos larguísimos. Yo quería conocer esa vida y vivirla contigo, como dice nuestra canción. ¿Te acuerdas? Yo quería saberlo todo de ti. Por primera vez en la vida fui valiente de verdad y te pregunté si podíamos tomar algo a la salida de tu trabajo. Tú dijiste que sí con cara de que te daba exactamente igual, pero yo me fijé en tus manos y en cómo estas se aferraron a tu cuello. Luego sonreíste y yo dije aquí está, ella es mi futuro, mi viaje por un nuevo mundo.

Detuve la cinta y me acerqué al tocadiscos. En el camino tropecé con la botella de whisky, que brillaba sobre el mantelito bordado por mi madre y adornaba el aparador. Me serví un buen chorro de ese líquido espeso y ámbar que actuaba como un placebo cada vez que sentía su sabor a roble, a frutos secos y a antigüedad. Alfonso, el bueno de Alfonso, cuánta falta me hacía, qué injusta había sido a veces con él, dando por sentado su amor, subestimando sus emociones, pensaba. Yo creía que la muerte prematura del padre y la consecuente depresión de la madre le habían dejado un trauma camaleónico, que no se manifestaba en algo concreto, sino que cambiaba de forma constantemente y se traducía en una especie de techo bajo que le impedía levantar la vista para mirar el mundo de manera más ancha. Y eso me daba rabia. Estaba segura de que su dolor era más pequeño que el mío y, a veces, lo juzgaba y odiaba por eso. Qué equivocada estaba. ¿Es comparable o cuantificable el sufrimiento? ¿Acaso la gran mayoría de las vidas no son minúsculas e imperceptibles?, me rebatía siempre. Del anonimato absoluto y de las fosas comunes solo te salvan los afectos que logras construir, decía Alfonso. Y es verdad. Él fue capaz de construir, de ilusionarse, como esos sábados en la mañana que se acercaba a este mismo tocadiscos para elegir los boleros que acompañarían nuestras mañanas hacendosas.

Yo solo quise querer, yo solo quise quererte. Yo nada te pude dar. Yo nada pude ofrecerte, cantaban entonces y cantan ahora Los Morunos, que Alfonso siempre prefirió por encima de Los Panchos. Muevo los pies lentamente, casi en el mismo sitio, arrastrando el paso como me enseñaste. Solo quería tu vida para vivirla contigo, me cantabas, mientras yo fingía estar muy ocupada remendando una falda, pasando el plumero para quitar lo imperceptible o cortando una cebolla que justificara mi llanto.

He sido feliz, Vera, y no es mi intención reprocharte nada, pero si te digo todas estas cosas es porque estar a tu lado también ha significado estrellarme constantemente contra un muro que yo intenté derribar tantas veces. No me fue posible hacerlo, no pude traspasar esa pared, no encontré el significado de la palabra que me faltaba para completar el crucigrama. He intentado conocerte, indagar sobre tu vida con toda la delicadeza, la fuerza, la rabia y a veces hasta el odio que podía apoderarse de mí cuando te hacía preguntas, según tú, ofensivas, a pesar de que esa nunca fue mi intención. He caminado de puntillas por mi propia casa para respetar tu mal humor y proteger tus silencios. Les he dicho mil veces a los amigos que sufrías de migrañas para ocultar lo que te ocurría. O lo que no te ocurría porque siempre decías que no era nada y que te dejara en paz. Tenías un temperamento bien variable, Verita, y la mayor parte del tiempo una fuerza oscura te llevaba a otra parte y te encerrabas en ti. Puede ser que yo me sintiera como una especie de Supermán, un salvador, alguien capaz de descifrar tu enigma y de comprender de qué estaba hecha tu tristeza para algún día, cualquier otro día, quitártela de encima y liberarte. Pero no pude. El heroico salvador de pronto se quedó sin fuerzas y llegó a la conclusión de que es imposible salvar a quien no quiere ser salvado.

No todo el tiempo fuiste una sombra. Cuando se encendía algo en tu interior eras pura alegría y juego.

Íbamos al mercado, hacíamos las compras y volvíamos a casa para cocinar. Teníamos una vida doméstica felizmente aburrida, sin sobresaltos, pero con cierta complicidad y gracia entre los dos hasta que, de pronto, digamos a la hora del noticiero, cuando prendías un cigarro y dejábamos los platos sucios en la cocina para lavarlos en otro momento, la sombra volvía. Era como si te apagaran la luz. Entonces te molestaba todo de mí, me decías que la tele estaba muy alta, que tenías frío, que la manta estaba sucia de café, que esta mañana yo había dejado la alfombrilla de la ducha mojada donde no debía. Me mirabas con otros ojos, con unos a los que todo, absolutamente todo, les resultaba horrible. Si yo te preguntaba qué te pasaba, te ponías furiosa y entonces teníamos a un león en la cocina. Si me mostraba vulnerable porque decías algo hiriente que me ofendía, me acusabas de débil. Débil por haber recibido determinados privilegios como una casa, ropa, un buen colegio o clases de piano. No conocer cierto tipo de carencia en la vida me colocaba en un lugar inferior al tuyo.

Cuando sufrimos la primera pérdida pensé que la noche se instalaría definitivamente en nuestra casa, pero tras un periodo de ensimismamiento retomaste algunas ilusiones, como el trabajo, los paseos por el parque o nuestras noches de cine o de teatro. Luego tuvimos dos abortos espontáneos más. Tal vez sería más honesto decir que las pérdidas fueron solo tuyas porque yo no las sufrí físicamente y, si puedo ser sincero, tampoco me dio tiempo de imaginar nuestra vida con eso que tú llevabas dentro convertido en un ser humano. Insistimos en ser padres e hicimos todo lo que estuvo en nuestras manos y en las manos de la ciencia para lograrlo. Pero los hijos no llegaron y, la verdad, no se puede echar en falta algo que nunca se ha tenido. Yo no podía sentir nostalgia por algo que no habíamos vivido. No me importaba saber cómo hubiera sido: lo que no está, no hace falta. Solo me preocupaba cómo te afectaría ser una mujer sin hijos, cuando todas las mujeres en el barrio y en tu oficina tenían al menos uno. Logré convencerte de visitar al doctor Riquelme para que le contaras tu vida. En mi imaginación, un especialista podría descifrar tu pasado para recomponer tu presente. Accediste a asistir a algunas sesiones y, sobre todo, aceptaste tomar durante un tiempo esas pastillas celestes que yo te daba con el jugo de naranja por las mañanas. Fue una buena época, mi amor. Pasabas menos horas en el sofá de la tele y también discutíamos menos, muchísimo menos, pero te aburriste. Te aburriste de la dependencia a algo que te hacía bien, como si tu lugar más cómodo fuera la tristeza. No quiero químicos en mi cuerpo, decías, así que dejaste de tomarlas, y entonces el mal humor, la falta de interés y el aburrimiento volvían en olas. Luego el mar entraba en calma, pero el ciclo, como una tabla de mareas, se repetía una y otra vez.

He vivido para adorarte, Vera. Yo nunca me hubiera ido de tu lado, ¿sabes? Yo te elegí, solo que la vida es un conjunto de cosas desiguales. Aunque tu alma volara a otro lugar y tu pesimismo se entrometiera en todos los ámbitos sin dejar paso a la alegría, tuvimos días buenos y otros mejores. He amado cada poro de tu cuerpo. No me arrepiento de nada y si volviera a nacer repetiría la vida contigo. Pero si te digo todo esto es porque no fui capaz de hacer un último intento y quiero dejarlo todo arreglado para que tú puedas hacerlo por mí, por tu pasado, por los dos, pero, especialmente, por ti.

He guardado unos ahorros para que realices ese viaje que nunca pudimos hacer juntos, un viaje que nunca quisiste emprender, un viaje de retorno al lugar del que saliste. Te lo pedí mil veces e incluso, como bien recordarás, te bajaste del auto en un semáforo cuando estábamos de camino al aeropuerto con los pasajes comprados y las maletas hechas. Te entró un ataque de llanto y luego te abrazaste a un silencio que duró días, incluso te podría decir que semanas. Y no volvimos a hablar del tema. Yo me rendí, pero tal vez no me rendí del todo. Me voy de la vida o de este estado de conciencia con el deseo de que visites ese puerto de donde saliste, mi vida.

Siempre he tenido la sensación de que te dejaste algo en ese lugar, no sé, algo fundamental que no te dejó vivir de manera total y completa, y creo que deberías ir a buscarlo. Podrías morir sin hacerlo. Podrías morir con la duda y no pasaría absolutamente nada. El ruido en tu interior seguiría lastimándote por el resto del tiempo que te queda, pero también podrías ir, sentarte frente al mar y buscar entre los arbustos del pasado la parte de tu corazón que dejaste escondida...

Pongo pausa una vez más. Muevo la aguja del tocadiscos para repetir la canción y el whisky, como si pudiera repetir también la vida y tener una nueva oportunidad frente a ti. Si fuera así, me sentaría en el sofá un sábado por la mañana para contemplarte sin demostrar la menor condena por tu alegría. No me pondría de mal humor si la casa huele al aderezo de los platos criollos que te gustaba llenar de ajos y cebollas. Dormiría la siesta contigo, Alfonso, y te diría, al despertar, lo que nunca te dije: lo mejor que me sucedió fue conocerte.

11

¿Fue Alex, fue Misha, fui yo, fuimos los tres? Fue Misha. Ella lanzó la piedra filuda con un sentido de la puntería propio de la francotiradora entrenada en gallinas, perros y gatos que enaltecía nuestro ejército koschéi. Minutos antes habíamos decidido volver a casa para empacar algunas cosas y emprender nuestro viaje sin retorno hacia París, la adultez y la libertad. Para sellar nuestro pacto eterno tallamos nuestros nombres en una de las paredes de la cueva junto a la única palabra que sabíamos en francés: *toujours*. Esa misma piedra con la que habíamos dibujado nuestros nombres se convertiría en nuestra principal arma de defensa.

Misha no dudó un segundo en lanzarla con todas sus fuerzas hacia el entrecejo del soldado. Un hilo de sangre empezó a correrle por el tabique. Alex aprovechó el golpe para morder el brazo de su captor, darle un empujón y escabullirse de su poder. La pistola fue a parar a un montículo de tierra y Misha saltó como una liebre para hacerse con ella. Alex se abalanzó sobre el soldado y ambos se enredaron hasta formar un solo cuerpo. Yo escuché mi nombre, no sé si fue Misha o Alex quien pidió mi ayuda, pero ingresé a la grieta por instinto y cogí el cuchillo de cocina que habíamos sustraído de casa sin que mamá se diera cuenta.

Tenía una sensación muy nítida de injusticia. Alex era un niño enfrascado en una pelea desigual. Así que fui yo. Yo ahorqué al soldado, sentado a horcajadas sobre mi hermano. El hombre había conseguido rodar hasta cambiar de posición y ahora golpeaba a Alex en la cara. Sí, fui yo.

Yo le clavé un cuchillo por la espalda. Era un cuchillo para picar verduras y trocear carne o pescado, no para atravesar humanos, así que resultaba imposible que llegara hasta la médula para dejarlo inválido. No tenía una hoja estilizada de las que sirven para clavar y perforar, pero una fuerza venida de un lugar primitivo se había apoderado de mí y de la mano con la que empuñé el metal que penetró la carne.

El soldado empleó su mano derecha para intentar arrancarse el cuchillo y, al mismo tiempo, Misha consiguió disparar desde lo alto de un pequeño montículo. Erró el tiro, pero Alex se reincorporó y empujó al soldado hacia las rocas. Yo volví a escurrirme dentro de la grieta. Palpé la escopeta y busqué a tientas los cartuchos. Entonces escuché un segundo disparo. Fue Alex. Al salir vi que él empuñaba el arma. El soldado, tendido sobre la tierra, se retorcía del dolor y emitía sonidos guturales y maldiciones. Misha se acercó a Alex y lo abrazó por la cintura.

Fuimos los tres.

Emprendimos el regreso a casa por el sendero que unía nuestra grieta con el resto del mundo. El estrecho camino de tierra con maleza se abría como un embudo inverso hasta la pista que unía nuestro pueblo con la ciudad. Al descender de la montaña caminamos en fila india siguiendo a Alex y luego, cuando alcanzamos el terreno plano, nos colocamos en paralelo. Nuestro aspecto era el de tres niños con la mala fortuna de haber pasado una noche a la intemperie. La diferencia era que, además de sucios y heridos, llevábamos encima todo lo que en los últimos tiempos habíamos logrado acumular en nuestra cueva secreta. Alex cargaba una de las escopetas al hombro y en el morral con el que la otra noche había huido de casa llevaba la granada y los cartuchos. También tenía la pistola escondida en el pantalón, a la altura de la cadera. Misha llevaba la segunda escopeta encajada debajo de la axila derecha, en guardia, presta a disparar. Yo llevaba un cuchillo ensangrentado en la mano izquierda y en la derecha un casco demasiado histriónico para ser usado. Cualquiera hubiera dicho que, efectivamente, formábamos parte de un ejército. Éramos los koschéis, los que enviábamos nuestra alma a cualquier otra parte frente al peligro, los que, en ese momento y a esa hora, nos sentíamos inmortales.

Alex advirtió que nos acompañaría solo hasta la entrada del pueblo. Luego él seguiría su camino de regreso al bosque, donde había sido aceptado en una pequeña división de jóvenes próximos a unirse a la resistencia. Nosotras queríamos partir con él, pero Alex decía que no aceptaban mujeres y que, de todas formas, lo que se venía era la guerra de verdad y nosotras no podíamos entregar nuestras vidas al demonio. Nuestros padres no lo permitirían. Alex hablaba de lo necesario para ser un buen soldado —tener agallas, un caballo, aguardiente, armas— y de lo que definitivamente no servía en el combate. Tener corazón, dijo.

A lo lejos vimos a cinco hombres cuyas figuras se engrandecían según avanzábamos hacia ellos. Deberíamos esconder las armas, dije. Puede ser aquí, justo detrás de este arbusto. Todavía teníamos tiempo antes de cruzarnos con ellos y señalé una piedra que identificaría la zona donde más tarde o mañana podríamos recoger nuestro armamento. Nos da tiempo a cavar un hueco, insistí, pero Misha y Alex no me oían. O no querían oírme. Caminaban a otra velocidad y me resultaba imposible seguirles el ritmo. Alex, con la camisa pegada a la piel y el pelo revuelto de sudor y tierra, desactivó el seguro de su escopeta y verificó que la recámara estuviera cargada. En un acto reflejo, Misha hizo lo mismo con la suya y le pidió a Alex cartuchos extras que guardó en los bolsillos de su vestido inmundo.

¿Serían esos hombres los compañeros del soldado? ¿Estarían buscándolo? ¿Nos atacarían al vernos armados hasta los dientes? No podíamos saberlo y con esa incertidumbre caminamos firmes hacia nuestro destino. El ruido de nuestras pisadas apagaba el trinar de los pájaros. El viento seguía soplando. Tenía que haber un lugar en el mundo donde las cosas siguieran siendo como el día anterior y, a manera de experimento, cerré los ojos con todas mis fuerzas e intenté convertirme en otra persona, en alguien que no se llamara Vera, alguien que no sintiera miedo, una persona cualquiera en un lugar donde la vida no cambiaba de forma, donde todo permanecía inalterable.

La tierra no iba a tragarnos. Tendríamos que correr hacia el campo abierto o entregarnos. Optar por cualquiera de las dos posibilidades era elegir nuestra mejor forma de morir. Daba igual si nos cruzábamos con los amigos del soldado o con quienes habían organizado nuestra búsqueda. El fin de algo estaba cerca, habíamos cruzado los límites de nuestro hogar, nos habíamos escapado del lugar más seguro que podíamos encontrar en medio de una guerra para construir nuestra propia realidad. No había vuelta atrás. Nuestra forma de habitar el mundo se había transformado y ahora formábamos parte de ese horror que presentíamos en los rostros descompuestos de nuestros mayores cuando escuchaban las noticias en la radio.

Entre los cinco hombres que venían a nuestro encuentro estaban papá, el tío Método y el padre de Misha. Pudimos adivinar sus figuras cuando estuvimos a doscientos metros de distancia. Entonces, el armamento que hasta hace un momento nos engrandecía se volvió minúsculo, lo mismo que nuestro espíritu, ahora encogido, impregnado de culpa, sangre, remordimiento y hambre. Misha bajó la escopeta y se la colgó a la espalda como quien se cuelga la bolsa para ir a la escuela. Yo escondí el cuchillo debajo de la chaqueta y alcancé a tirar el casco hacia los matorrales. Alex emitió un chasquido con la lengua y permaneció erguido, con los ojos brillosos apuntando hacia el futuro.

Los cinco hombres corrieron hacia nosotros. Todos nos abrazaron, excepto papá, que se quedó a unos metros de distancia para evaluar el espectáculo en el que nos habíamos convertido. Había perros. Recuerdo ladridos. También que me puse a llorar desconsoladamente. Papá no se apiadó de mi llanto. Fue Misha quien me acogió entre sus largos brazos llenos de amor. Alex se unió a nuestros cuerpos, pero sin ternura. Este secreto muere con los koschéis, dijo, y después se giró con la firmeza del soldado en el que se había convertido para desafiar la mirada de papá con la frente hacia el cielo.

¿Dónde diablos dejaste el caballo, Alex?, le increpó y luego le atravesó el rostro con un golpe del que se arrepentiría el resto de tiempo que le quedaba de vida.

12

Angelita lee en un periódico que el fin del mundo coincide con la fecha que hemos elegido para realizar nuestro viaje. «En el año 1999», lee en un tono bastante severo, «en el mes séptimo, descenderá de los cielos el Rey del Terror. Antes y después, Marte reinará felizmente. A mediados del siglo XVI, Nostradamus escribió profecías en un lenguaje críptico que se presta a muchas interpretaciones, pero que cada cierto tiempo coinciden con los hechos que marcan la actualidad. ¿Qué nos deparará el futuro? ¿Se acabará el mundo el próximo mes como escribió el Profeta de las Calamidades?».

Angelita dice que quizás deberíamos adelantar el viaje. Le pregunto si está de broma. Ese señor dijo cosas rarísimas hace cientos de años. ¿Qué cosa tan absurda dices tú ahora, Ángela? Y, además, ¿quién dice que el Rey del Terror es necesariamente el Armagedón?

Ella insiste. Si el mundo explota y voy a morir, quiero que sea en mi casa, dice muy seria. O en esta cama, la verdad bastante cómoda, Vera. Y se ríe con esa risa suya que sacude los cimientos de nuestro viejo edificio.

Ángela está sentada en el lado de la cama que perteneció a Alfonso. Ni después ni antes, nadie, además de Alfonso, ocupó ese lugar en mi cama, esa que tampoco dejé que otras personas toquen o tiendan. Extrañamente, no la siento una invasora. Más bien, al verla sin sus habituales tacones, los pies sobre la cama, el cuerpo acurrucado entre mis almohadas, me pregunto por qué no me molesta nada de ella y por qué nunca dejé que mi marido leyera el periódico en la cama por temor a que las sábanas se ensuciasen. Ahora la miro hacerlo, veo el papel negro sobre la cama blanca y no creo que realmente la vida pueda cambiar demasiado si al final del día uno se acuesta en una sábana manchada. Debí pensarlo antes, no reñirlo, dejarlo que al menos tuviera la libertad de ensuciar su territorio.

Reprocho a Angelita y a Nostradamus, pero también me inquieto. Alfonso creía en esas cosas. Creía en todos los fenómenos sobrenaturales. Teníamos, incluso, un pedazo de sábila atado a un crucifijo detrás de la puerta de entrada, supongo que para evitar que nos robaran. Convivir durante casi cuarenta años con una persona así, alguien que cuando no estaba al mando de una situación le abría las puertas al pensamiento mágico, deja secuelas.

En la búsqueda de mi bienestar, le cuento a Angelita, una vez Alfonso me llevó donde Elvira. Tuvimos que esperar un mes para que pudiera atenderme porque era la vidente más solicitada de Lima. Decían que hasta los presidentes se atendían con ella y tomaban las decisiones del país en función de las figuras que le dictaba el tarot.

Alfonso no era de acudir a la iglesia los domingos, pero profesaba una fe irreprochable. Creía en el poder de Dios, en el misterio de la vida y en todo ser vinculado a un hecho sobrenatural. Invocaba a Santa Helena cuando se le perdían las llaves del auto, a San Judas para levantar el negocio, a la Virgen para encontrar serenidad y a Santa Rita para todo lo demás. En el altar personal construido sobre su mesa de noche atesoraba el agua bendita con el que se untaba las muñecas antes de salir de casa por las mañanas. En el cajón convivían fotos, encendedores, libretas y pasaportes con estampas de santos, rosarios y crucifijos. Estos objetos intocables y sagrados eran sus escudos frente al mal en cualquiera de sus formas. La fe de mi devoto marido se complementaba con amuletos variados como una herradura, una pirámide de cuarzo, un elefante tailandés (cuya cola debía apuntar siempre a la puerta) o monedas chinas unidas por un hilo rojo. Así, decía, todas las energías desprendidas formarían un arco de protección invisible a nuestro alrededor. A él todo esto lo hacía sentirse protegido. A mí, en cambio, me encerraba en una esfera transparente, me hacía sentir una miniatura sobre la que cae una nieve lenta, detenida en un lugar que solo existe para ser agitado, una cápsula del tiempo condenada a que nada entre y nada salga.

Supongo que esa búsqueda de una intervención suprema lo condujo a Elvira por primera vez quince años atrás, cuando prácticamente ya habíamos claudicado en nuestro deseo de ser padres. Dicho esto, su último intento de obtener descendencia no fue conmigo sino con ella. Cuando Elvira dijo que no iba a ocurrir, que el Señor no nos mandaría ningún niño, Alfonso volvió a casa y me dijo que el tema hijos era un caso cerrado. Y no se habló más.

Cada cierto tiempo, Alfonso acudía donde distintos chamanes y sanadores para someterse a baños de florecimiento, limpieza del aura a través de imanes, acupuntura o lectura de la hoja de coca, pero de todas esas citas regresaba abstraído y envuelto en el escepticismo. Solo Elvira lo devolvía a casa con la paz de un niño durmiente. Alguna vez se me cruzó por la cabeza que podían haber mantenido una especie de romance o atracción platónica, pero el amor es insostenible a la distancia. Alfonso dejaba pasar mucho tiempo entre sus encuentros. Podían transcurrir años sin saber nada de ella hasta que, de pronto, algo se desalineaba en su interior y entonces la llamaba.

Fue esa lealtad hacia Elvira, sumada a una curiosidad infinita por conocer el rostro de la mujer que entendía y tranquilizaba tanto a mi esposo, lo que, finalmente, me convenció. Después de años de insistencia, le dije a Alfonso que sí, que me sacara una cita y que iría a que me leyera las cartas con la única condición de que él no estuviera presente.

La casa de Elvira quedaba a pocas cuadras de la nuestra, en la Residencial San Felipe, en un departamento a pie de calle con un pequeño jardín delantero y un generoso rosal en el centro. Toqué el timbre y me abrió una chica en edad universitaria que sospeché podría ser su hija. Siéntese, me dijo. La señora Elvira está con un paciente. Dijo la palabra paciente donde yo hubiera dicho cliente, pero ella utilizó esa palabra porque, efectivamente, a esa casa acudían personas desesperadas en busca de soluciones para sus males intangibles. Elvira las trataba con mentiras, eso le decía yo a Alfonso todas las veces, con mentiras tranquilizadoras y borradores de vidas futuras más auspiciosos que los momentos actuales. Y luego les cobraba una cifra que, a juzgar por los marcos de fotos de plata, las alfombras persas, las figuras de Lladró y el reloj de pie, parecía mantenerla a flote en medio de la inflación y los precios en alza que solo se podían anotar con tiza en las pizarras de los comercios porque cambiaban todos los días.

Corta con la mano izquierda y no cruces las piernas, me dijo sin apenas dirigirme la mirada. Quítate los anillos, bota el chicle, abre tu corazón, añadió. Instintivamente yo había tomado asiento cerca de una mesa redonda con mantel liso y blanco, ubicada en la esquina de una habitación con cama doble, dos mesas de noche, una cómoda y un tocador en caoba a juego. Elvira debía tener mi edad, las dos habíamos pasado los cincuenta. Quizás ella se encontraba más próxima que yo a una nueva década, pero, en todo caso, me sentía emparentada con las líneas dibujadas en su entrecejo, la flacidez en su papada y el adelgazamiento de la piel de las manos. No me dio la sensación de que esa habitación fuera compartida, de que ahí durmiera una pareja o incluso de que pudiera dormir ella sola. Estaba libre de objetos cotidianos como remedios, papeles, ropa, libros, cremas o perfumes. El único objeto personal destacable era una foto en blanco y negro protagonizada por un hombre en traje y sombrero acompañado de una mujer con una pequeña bolsa en la mano.

No es mi habitación, si es lo que estás pensando, me dijo Elvira. Perteneció a mis padres, pero ellos ya no están aquí. Cuando dijo no están aquí, deduje que ya no estaban aquí en la vida real, que ya estarían bien muertos, pero que ella había elegido mantener el mobiliario intacto y utilizar esa habitación como lugar de encuentro con sus pacientes para que toda esa protección simbólica funcionara de pararrayos.

No soy Alfonso, pensé luego. No soy él, yo no creo en estas cosas. Yo no creo en Dios, yo no creo en los ángeles, yo no creo en nada que no pueda ver o tocar. Y si no creo en todo eso, tampoco creo en la clarividencia de Elvira. Aun así, mi mano izquierda caminó sobre la mesa y cortó el mazo sin cruzar las piernas. Elvira me dijo que podía hacer una pregunta o podía dejar que el tarot hablara de forma general sobre mi vida. Yo le pregunté si necesariamente tenía que verbalizarla o si sería igual de válida si solo la pensaba. Me dijo que era mejor decirla, que de esa forma la ayudaría a organizar la información obtenida en las cartas, que la lectura sería mucho más acertada si le daba alguna información, nombres, lugares, una pregunta clara.

¿Dónde están?, le pregunté. ¿Qué pasó con ellos? Elvira me miró por primera vez a los ojos y yo sentí que sabía. Pensé que tal vez Alfonso le había hablado de mí en las sesiones o que la baraja de Marsella, finalmente, le podría haber dado una pista sobre mi pasado, sobre lo que me trajo hasta aquí, lo que me pasó.

Un terror gélido me recorrió la espalda cuando me dijo que en el naipe que señalaba, El Sol, veía a dos niños. Dos niños símbolo de la eternidad, me dijo. Podrían ser dos niños que estuvieron a punto de nacer, pero que no lograron encontrar el rumbo hacia la vida. Me preguntó si yo había sufrido de cólicos premenstruales muy fuertes y que, con toda seguridad, este dolor habría sido la manifestación emocional de las contracciones que no llegaron a ocurrir porque no hubo parto. Pero también, me dijo, podrían ser dos niños que sí nacieron y que habitan dentro de ti como si fueran tuyos o formaran parte de tu cuerpo. Ellos viven, están dentro, como si tu espíritu estuviera poseído por dos pequeñas almas ajenas. Esta otra carta, el cinco de copas, dijo señalando a un señor de espaldas y con la cabeza gacha, es la carta del duelo. Eso no significa que ellos estén muertos, prosiguió. Su significado puede estar relacionado a un movimiento emocional y, en este caso, a una tristeza que se acaba.

Aquí apareces tú, La Papisa, continuó Elvira, quien me atraía cada vez más con esa voz suave con la que trataba a sus pacientes, entre los que yo ahora podía incluirme. Eres una mujer reservada e intuitiva con un libro de secretos sobre tu regazo. Tus sentimientos no se revelan, no muestras lo que sabes o quién eres y guardas un dato oculto, algo que ni siquiera te confiesas a ti misma. Sin embargo, es una carta que marca una evolución y se complementa con la carta El Mundo. Todo apunta a un momento propicio para abrir las puertas hacia otros caminos y adquirir el poder de iniciar algo nuevo en otra parte. Podría ocurrir un viaje, podría ser que estos dos niños se encuentren en algún lugar lejano al que tienes la obligación (así lo dijo: obligación y no posibilidad) de volver. El inconveniente era la carta vecina, El Diablo, representado por un ser gigante con lenguas de fuego en vez de piernas, cuernos de cabra, mirada torva y alas de murciélago. Este monstruo con un pentagrama invertido en la cabeza se hallaba flanqueado por un hombre y una mujer con cadenas, pero no encadenados. Es decir, no presas de un único destino, me explicó Elvira, sino libres de ataduras para reconvertir un posible impedimento en un aprendizaje. Como una pared en una puerta, imaginé. Luego levantó la vista y me dijo que mirara hacia el pasillo. Ves, dijo señalando la nada, ahí están tus maletas listas. Dependerá de ti subirte o no a ese avión.

Ese mismo verano de 1987, Alfonso me propuso irnos de vacaciones. Mencionó Roma, mencionó París, mencionó Madrid, pero no mencionó el lugar de donde yo venía. Dijo que si yo quería podíamos cambiar el rumbo una vez en Europa y que organizaríamos el resto del viaje sobre la marcha. Adquirimos los pasajes en la agencia donde yo había trabajado hasta hacía dos años, cuando hubo una reducción de personal. Aunque no me seleccionaron para abandonar la empresa, yo me ofrecí de voluntaria porque tenía pensado iniciar un negocio de confecciones con Angelita, cosa que nunca ocurrió. Debido a la crisis, la gente ya no viajaba como antes y no organizaban los circuitos europeos que tanto me gustaba diseñar. Los viajeros querían ir a Disneyland o a las cadenas hoteleras y cruceros que empezaron a convertir el Caribe en territorio exclusivo del «todo incluido». Como despedida, la agencia me regaló un viaje a Jamaica gracias a uno de esos paquetes que yo misma ofrecía. Recuerdo que Alfonso y yo bebimos ron desde las once de la mañana hasta las seis de la tarde y que solo nos apuntamos al bingo y al karaoke entre las actividades para parejas programadas por el hotel. Nos reímos, nos bañamos en un mar transparente y también nos hartamos de nosotros mismos. En Lima, nuestro amor prosperaba gracias a una distancia respetuosa, una distancia que consistía en un aislamiento, en una separación imprescindible dentro del mismo espacio para no sentir que las mínimas manifestaciones de intimidad cotidiana —la forma de freír un huevo o de hacer un ruido odioso al cepillarse los dientes— cobraban una magnitud irritante. A ratos, estar juntos y de vacaciones, sin un lugar donde esconder mi intimidad, me hacía sentirme recluida.

Planeamos nuestro viaje para principios de julio, que era un mes bajo para el negocio de repuestos de Alfonso. Volaríamos primero a Caracas para hacer escala, luego a Holanda y, posteriormente, a Madrid. Como yo tenía los contactos de las agencias de viajes locales, hicimos una reserva de hotel en Madrid sin necesidad de pagar todo el paquete completo en Lima.

Pero nunca llegamos a tomar ese avión.

Angelita se sorprende con mi historia. Qué niña caprichosa eras, no sé cómo te aguantó tanto tiempo el santo de tu marido, me dice. Este avión sí lo tomaremos. Y, de preferencia, cruzaremos el charco antes de que se acabe el mundo. Lo lógico, sostiene, es que todo colapse en el último minuto de 1999. El efecto 2000, continúa, tiene mucho más sentido que Nostradamus. Las máquinas se volverán locas y dejarán de funcionar. Quizás no sea un fin del mundo literal, solo una oportunidad para regresar a la casilla de partida y empezar el juego de nuevo.

Entonces me pide el teléfono y llama a su hijo el Tuerto a cobro revertido. Alberto —Beto, le dice ella— nos confirma que hay un riesgo de desorganización digital, pero que él considera que será mínimo. A lo mejor dejarán de funcionar algunas máquinas dispensadoras de bebidas o cajeros de bancos, pero bajo ningún motivo los aviones se desprenderán del cielo o estallará otra central nuclear, como el resto del universo —incluidos nuestros amigos del parque Olavide— tiene previsto.

Angelita me comenta que los científicos han rectificado las coordenadas del lugar exacto donde incidirán los primeros rayos solares del nuevo milenio. Será en las Islas Antípodas, en el Pacífico Sur, y un grupo de hippies, liderados por un místico ecuatoriano-norteamericano de apellido Márquez, organizará un ritual y formará una ronda gigantesca de seres humanos para captar la energía renovadora de un universo naciente.

Todo eso suena bastante más divertido que la teoría trágica de Monina. Ella dice, asustada, que lloverán bolas de fuego. El sol desprenderá piedras ardientes que incendiarán el planeta y una de ellas caerá en el centro de nuestro barrio. Pepe, el del kiosco, dice que por fin aterrizarán los extraterrestres en Chilca y don Hugo, que es el más sensato de todos, solo opina que será un desmadre vivir sin máquinas porque todas quedarán inservibles, pero que nos acostumbraremos con el tiempo, como en los años de la carreta.

Angelita sacude el barniz de uñas con unos golpecitos antes de deslizar la brocha sobre su índice izquierdo. Volaremos el día que Nostradamus predijo como el fin del mundo. Betito no se equivoca nunca y a mí me da como intensidad desafiar la catástrofe, dice entre risas.

La mañana que Alfonso y yo tomaríamos ese avión a Europa, le cuento a Angelita mientras doblo la ropa limpia para guardarla en el armario, yo me bajé del auto en un semáforo. A último minuto me desanimé, se apoderó de mí un miedo paralizador. Hiperventilé, sentí que me moría, pero que me moría de verdad, que no podría estar encerrada en una lata durante horas compartiendo el mismo aire que tantas personas. No podía. No puedo, le dije a Alfonso, mientras abría la puerta del taxi y me bajaba en plena avenida Faucett. Alfonso bajó a buscarme, me cogió entre sus brazos, me dijo que cambiaríamos los pasajes y me condujo de regreso al taxi.

Pero ese momento no ocurrió porque a las pocas semanas llegó la bendita hiperinflación y nuestro dinero ya no servía para nada. Por delante tendríamos una época de vacas verdaderamente flacas y el tema del viaje se aplazó hasta un mejor momento que nunca llegó. Durante las siguientes semanas yo solo podía pensar en las palabras de la bruja Elvira. Ahí están tus maletas listas. Dependerá de ti subirte o no a ese avión. El recuerdo de esa frase sonaba nuevamente en mi cabeza.

Ahora están mis maletas otra vez casi listas para subirnos al avión, le digo a Angelita, y me da miedo no tener la fuerza necesaria para subirme con ellas y contigo.

De verdad que tienes unas cosas bien parecidas a las de las telenovelas, Vera, solo que todo lo que te pasa yo lo siento como invisible. Te proyectas en fantasías delirantes, vives en una dimensión paralela a la realidad. A mí no me dejas en tierra, te lo digo. Se podrá terminar el mundo, pero allá vamos, Vera.

Y yo me río, me río incluso cuando se pone de pie dando un pequeño salto y, al doblar el periódico, veo cómo las manchas de tinta de los titulares de ayer han dejado un borrón sobre mis sábanas.

13

Mamá corrió a nuestro encuentro y me retuvo entre sus brazos durante un largo rato. Apenas pude deshacerme de su cuerpo, entré a una casa que ya no era la mía. A la entrada pude ver un par de cajas de madera que, luego supe, contenían nuestros objetos personales. Corrí escaleras arriba hacia mi habitación y encontré los colchones desnudos de sábanas y con manchas como mapas apoyados en una de las paredes. Las ventanas estaban cerradas, las cortinas corridas, los muebles ausentes. Recorrí las demás estancias y en el lugar de los objetos que adornan la vida doméstica —floreros, joyeros, artículos de aseo, libros, juguetes— hallé un trapo sucio, probablemente olvidado por quien había recogido y limpiado la habitación.

Al volver al salón principal, vi a mamá y papá encogerse hasta mi altura. Nos vamos, dijo papá. A mi lado estaba Misha. Nos abrazamos instintivamente, pero su padre nos separó. Con delicadeza, pero nos apartó. Ellos se quedan, dijo papá. Yo escuchaba muchas voces al mismo tiempo, pero no podía identificar ninguna frase completa. Era como si el lenguaje no significara nada o como si las cosas y las personas tuvieran de pronto otros nombres que yo ya no era capaz de pronunciar. Sentí el brazo de Alex sobre mi hombro y escuché su frase manida, su frase tantas veces repetida que ahora significaba exactamente lo contrario a lo que él siempre había transmitido. Todo irá bien, Vera. Nada irá bien. ¿Qué cosa podía salir bien en un lugar donde caían bombas, donde los niños aprendíamos a matar y donde nos forzaban a separarnos de lo más querido? Nada irá bien, imbécil. Le dije antes de correr hacia los brazos de Misha nuevamente.

Misha, sus ojitos como dos faros, sus risas infinitas, sus comentarios tan acertados, sus conocimientos sobre tantas cosas que yo desconocía, nuestro futuro, su nariz tan grande.

Quería pensar que Misha no se quedaba en ningún sitio. Se iba conmigo porque habitaba en mí y yo en ella. Una parte de su vida me pertenecía. Me gustaba mirarme en sus ojos, me hacía sentir más lista, más rápida, más decidida y, a veces, hasta más guapa. A su lado, además, todo era mejor y más divertido. Eso que sentía no se podía terminar, no se podía romper. Sería como romperme a mí misma, sería como romper la parte de mí que más me gustaba y no podía creer que eso pudiera ocurrir. Tenía que existir un futuro para nosotras, todo tenía que salir tal y como lo habíamos planeado.

Escríbeme, me dijo. Yo te iré a buscar. Le escribiré al vecino, contesté. Al asesino no, al otro. Y nos reímos. Te mandaré una carta con mi dirección en unos días para que sepas dónde encontrarme.

Tuvieron que despegarnos, arrancarnos la una de la otra, despellejarnos vivas. Pero yo estaba segura de que no sería la última vez.

No podía ser la última vez.

Miré el valle, al fondo, y, a pesar de mi tristeza, todo me pareció tan hermoso y lleno de alegría. Papá y mamá me llamaban y yo no quería salir, no quería despedirme de todas las cosas que formaron parte de nuestras vidas desde que tenía uso de razón. Tampoco quería subir al camión contratado para el traslado. Alex tuvo que subirme a empellones y, desde arriba, miré por última vez ese paisaje que estaba a punto de convertirse en mi pasado. Alcancé a ver la grieta de nuestro escondite, nuestro lago donde casi muere Alex, nuestro riachuelo y cada vez más árboles, mis árboles. Todo se iba empequeñeciendo hasta el punto en que mi mundo cabía en una mano: una casa, un lago, una familia, tres niños, la guerra.

Giré para mirar a mi madre y busqué su cara. No vi nada. Estaba tranquila. O no estaba. Su expresión ausente me desconcertó primero, pero luego su frialdad me ayudó a percibir una naturalidad en la partida, un desapego y una curiosidad pequeñita por lo que me depararía el destino. Quizás, como decía Alex, todo iría bien, aunque de momento los dados lanzados por mis padres no parecían sumar una jugada a favor.

Nos detuvimos en casa de nuestra abuela materna. Pensé que nos quedaríamos a pasar la noche, pero papá dijo que sería solo una parada técnica hasta nuestra próxima residencia. Nos sentamos alrededor de la chimenea y yo me refugié en los brazos de mi abuela. Mamá tomó varias copas de aguardiente. Nunca la había visto beber, quitarse los zapatos y bailar con tanta alegría, primero con papá y luego con mi hermano. Parecía hasta feliz de llevar la vida empacada en un par de cajas. Nada en ella transmitía la autoconsciencia de las despedidas.

Es difícil fingir naturalidad. Es todavía más difícil que ser espontáneo. Y no lo digo por mí. En ese momento yo no sabía lo que mis padres tenían planeado, pero ellos sí debían tener la certeza de un adiós definitivo. Sin embargo, nos sentamos a la mesa a comer la polenta con guiso de faisán, un faisán salvaje, cazado y desplumado en los campos traseros y cocido a fuego lento bajo los mimos de la abuela. Mamá devoró el faisán y fingió alegría y hasta entusiasmo, incluso al momento de los adioses. Cuando los abuelos y la tía se despedían desde el portal —pensando que quizás nos veríamos en un mes o, si la guerra continuaba, a más tardar en un año—, mamá respondía con tranquilidad. Ni un sollozo. Ni una lágrima.

Yo volví a mirar el rostro de mi madre, como cuando salimos de nuestra casa por la mañana. Era una manera de medir mi propia reacción frente a determinados estímulos, una guía gestual de cómo comportarme o qué sentir. Pero su rostro estaba vacío de emoción. Parecía de metal. Quizás una parte suya, lo pienso ahora, relativizaba la partida y creía, como yo también lo creí en su día, que en el futuro sería posible reencontrarnos en aquellos lugares donde fuimos felices, que algún día volvería a ver a su madre, se sentaría nuevamente en su mesa y haría el mismo comentario de siempre. Esto está exquisito, mamá, pero ¿no te da pena matar a un faisán?

Al salir tomamos la carretera por la que todavía se sentía el paso de la guerra. Los campos estaban quemados, las casas derrumbadas y, en medio de los escombros, de pronto aparecía una vivienda milagrosamente ajena a la destrucción. Conforme nos íbamos acercando a la costa sentíamos cada vez más fuerte la presencia de la naturaleza. La brisa suave y el aire impregnado de sal excitaban a Alex. Decía que en cuanto amaneciera iríamos a conocer el arboreto, un bosque creado por una familia de ricos navegantes que hacía cinco siglos trajeron semillas de los puntos más remotos del planeta.

Yo creía que la sangre comprendía, que si estábamos hechos de algo molecularmente parecido teníamos que, tarde o temprano, sentir lo mismo. En cambio, estaba aislada en mi pesar, sola dentro de una burbuja con poco oxígeno. Mamá llevaba una máscara de metal, papá parecía ocupado con la mudanza y Alex andaba envuelto en su fantasía de árboles y pesca de salmonetes en un mar cristalino. ¿No había acaso espacio para la nostalgia o era yo la única dramática de la familia?

Llegamos a nuestra nueva casa, ubicada a pocos metros de la escuela donde mi madre trabajaría como profesora. Ese, dijo papá, había sido el verdadero motivo de nuestra mudanza, un nuevo trabajo y la posibilidad de empezar de cero en una casa en la playa. Pronto terminaría la guerra y era mejor estar en un lugar que se había mantenido fuera del perímetro de destrucción. Además, nuestra casa ya no era nuestra casa. Era un escondite de personas prohibidas que, más tarde o temprano, serían descubiertas y nosotros castigados por haberlas escondido. Si esto no ocurría, nos podía pasar algo peor. Cuando la guerra terminara, todo sería de otros. Los militares o cualquier persona que hubiera estado en el frente tendrían todo el derecho de decirnos que se quedaban con nuestra casa. Papá no quería andar con riesgos. Prefería huir a un pueblo costero, donde la luz nos levantara el espíritu. Daba igual que hubiera construido esa casa prácticamente con sus propias manos, que se hubiera empleado a fondo en la crianza de nuestros animales, que hubiera reflotado la empresa de venta de leche heredada de una parienta lejana. Los esfuerzos del pasado, la propiedad privada, las metas alcanzadas no parecían importarle ahora. Mamá se desempeñaría como la profesora que era y él... él siempre había soñado con tener un hospedaje en la playa o quizás una fonda para los visitantes. Fuera de temporada podría dedicarse al campo o al comercio.

Eso fue lo que nos dijo, pero nada era cierto.

Nuestro nuevo hogar era bastante estrecho. Las estancias eran pequeñas, como si ahora habitáramos en una casa de muñecas o vistiéramos una chompa tres tallas más chica. Alex y yo debíamos compartir la habitación. Él escogió su cama primero y con una tiza dibujó una frontera en el suelo que yo no debía traspasar por nada del mundo, lo cual me obligaba a caminar de perfil cada vez que ingresaba a la habitación.

A la mañana siguiente me llevó hacia el bosque de pinos que proyectaba una sombra helada sobre nuestros cuerpos. Ese no era el camino más directo hasta la orilla del mar, pero era el camino que Alex quería mostrarme. A mí me extrañó que él conociera la ruta, lo mismo que el arboreto, y que saludara a algunos pescadores, que además no hablaban nuestra misma lengua, con tanta familiaridad. Yo no recordaba haber estado antes en ese lugar, pero él decía que sí, que habíamos venido a visitar a un primo de papá hasta en tres ocasiones. Cómo podría haber olvidado un lugar tan hermoso, con esas construcciones de piedra y esa muralla que circundaba una ciudad que debió ser famosa y rica muchos siglos atrás. Cómo podría haber olvidado esa iglesia en lo alto de la montaña desde donde alcanzabas a ver pequeñas islas salpicadas en un mar turquesa. Tendría que haber recordado ese templo en las alturas dedicado a Santa Eufemia que, según Alex, había sido sometida a una catarata de torturas por venerar a un dios contrario al del emperador. Aunque, extrañamente, no murió a causa de los tormentos sino por el ataque de un oso salvaje. Eso nos contó el primo de papá, decía Alex, pero yo no era capaz de recordar ni a Santa Eufemia ni al oso ni al arboreto.

Los vecinos eran muy amables. Este era nuestro nuevo lugar, nuestra nueva vida ambientada en un pequeño pueblo de nobles pescadores a la orilla de una playa de piedras desordenadas. Desde la orilla podíamos ver una isla como el perfil de una ballena. Era la residencia veraniega de un señor millonario. Cuando él dormía en la isla, el mar se llenaba de yates y lanchas que patrullaban paranoicas para que no se acercara ni una estrella de mar sin previa autorización. Me daba cierta envidia tanto poder. Cocinaban unos banquetes muy serios en esa isla: caviar rojo, esturión marinado, *goulash*, cazuelas de pescados de aguas dulces cocinadas con ranas y anguilas, cigalas y bogavantes. Eso decían los pescadores, especialmente dos jóvenes un poco mayores que Alex: Daniel y Milo, sus nuevos amigos.

Los tres andaban todo el día juntos instalados en un universo al que yo no tenía acceso. Alex ya no era mi coronel y nuestro ejército secreto había dejado de existir. Ahora se preocupaba, o eso creía yo, por traer comida a la casa. Ya ni siquiera me tocaba un hombro al pasar para que yo volteara y no viera a nadie en su lugar. Lo echaba mucho de menos, aunque lo tuviera cerca, y no me gustaba la forma en que narraba lo sucedido en nuestra grieta, nuestra acción bélica contra el enemigo. Había noches en que me despertaba sobresaltada, me venían a la cabeza los disparos, la sangre, la piedra y la gran incógnita de no saber si el soldado había muerto a causa del disparo o si solo había quedado tendido en el suelo por el golpe en la cabeza que Misha le dio. Yo rezaba antes de dormir para que el soldado, nuestro enemigo, siguiera con vida. Ahora que conocía a Santa Eufemia, también le rezaba a ella, la pobre, ¿por qué tuvo que sufrir tanto dolor? Yo rezaba para que el soldado no hubiera muerto por nuestros golpes sino, como ella, de algo tan repentino y absurdo como el zarpazo de un oso salvaje. En su versión frente a los hermanos Daniel y Milo, según escuché a escondidas, Alex había actuado solo y Misha y yo no formábamos parte de la escena. Esa misma versión fue la que mi hermano sostuvo frente a papá cuando, al llegar a casa y encontrarnos con nuestras vidas embaladas en un par de cajas, le dijo que la sangre en su ropa no era suya, sino del enemigo al que había golpeado para defendernos.

Para mí, los hermanos Daniel y Milo eran lo mismo. Eran dos, pero frente a mis ojos formaban una unidad indivisible. Hasta los confundía. Los llamaba Damil por esa apariencia siamesa, siempre pegados, celebrándose el uno al otro, fumando, haciendo planes con mi hermano. Hasta que un día Milo dio un paso al frente y se diferenció de Daniel. Era un poco más alto, con una nariz que apuntaba al suelo y un pelo alto y desordenado.

Milo frenó en seco delante de mis zapatos. Intenté bordearlo y abrió las piernas de tal manera que me cortó el paso. Acércate, Vera, me dijo. El flaco Milo tenía las manos en los bolsillos. Pensé que seguro llevaba un papel mojado en barro o en caca de vaca que intentaría colarme en el vestido o ponérmelo en la cabeza a manera de sombrero. Muévete, animal, le contesté. En vista de que no quería dejarme pasar, no tuve más remedio que atropellarlo. Cogí impulso con la pierna izquierda para mi embestida, pero

Milo me detuvo con suavidad. Te voy a decir un secreto. Y dejé que acercara su boca a mi oído porque, en un momento de inspiración, pensé que tal vez tenía una llave mágica que me devolvería a mi hermano y a mi amiga. O, también se me pasó por la cabeza, que algo grave ocurría con Alex. Tal vez Milo sabía la verdad sobre aquello que Alex me ocultaba.

En vez de decirme eso tan importante, ese secreto de ultratumba que yo presentía entre mis padres y hermano, Milo me dio un beso en la mejilla. Cuando crezcas, nos casaremos, Vera. Yo salí despavorida. Daniel y Milo, Milo o Daniel, nunca habían despertado mi interés, pero sí mi ira por robarme a Alex y por tramar cosas que yo desconocía. Entre los koschéis no había secretos, pero desde que nos mudamos a este pueblo con mar y sin Misha, yo no acababa de entender la lógica de los nuevos vecinos, no acababa de encajar la forma de relacionarme con unos seres humanos distintos a los que me rodeaban antes.

Corrí con todas mis fuerzas hasta los brazos de mi madre, que nada comprendía, y de mi padre, para quien la vida seguía igual, sintiéndome sucia de un beso indeseado, pensando que al recibir el beso de Milo había contraído un pecado, otro pecado, y que había quedado manchada esta vez para siempre. No quería ver a Milo nunca más en la vida, el solo recuerdo de su boca en mi mejilla me asqueaba, me recordaba el sabor de la polenta cuando no había nada más que polenta en el mundo. Todavía podía percibir su respiración nasal soplando mi rostro. Milo me parecía repulsivo y no quería volver a cruzármelo jamás. Cómo había sido capaz de despegarse de Daniel, de diferenciarse de su siamés y meterse en mi vida hasta el punto de tener que aprenderme su nombre y querer saber todo sobre sus orígenes, porque en la raíz de su existencia yo creía ver el mal y tenía que conocer el funcionamiento del mal para defenderme de la mejor manera posible. No quería ver a Milo nunca más en la vida. Pero tenía que verlo por última vez por puro interés entomológico: tenía que verlo muchas veces por última vez para analizar con mayor detenimiento a ese insecto.

Al día siguiente sería domingo y mamá me humedecería el pelo y trazaría una línea pulcra en mi cráneo para lucir como un ejemplo de higiene y buenas costumbres. Sería nuestra presentación en sociedad y tendríamos que representar el papel de una familia unida, feliz y bien educada. Probablemente el párroco diría nuestros apellidos para darnos la bienvenida y todos sabrían por fin quiénes eran los nuevos vecinos. Qué apellido tan extravagante, pensarían enfundados en sus trajes de domingo. Bajo nuestra apariencia de familia ilusionada por pertenecer a un pueblo coqueto, de trabajar y formar parte de una comunidad laboriosa y conservadora, nadie sospecharía que, probablemente como ellos o tal vez no tanto como ellos, pero con toda seguridad como alguno de ellos, guardábamos algún que otro secreto. ¿Qué familia no alberga cuartos oscuros y desordenados donde no entra la visita?

En la fila de la comunión me sentí observada por un centenar de ojos. Podían leer mi mente. Veía señales en sus pupilas dilatadas, en las solapas de sus abrigos, en esas orejas que se deformaban, triangulaban y afilaban hasta tomar la forma de la antena de un mosquito. ¿Cuál de todas esas niñas sería mi nueva amiga? Desde luego no sería una amistad como la mía con Misha. A las nuevas chicas no les podría contar tantas cosas. No les podría decir, por ejemplo, que durante un largo tiempo escondimos a nuestros vecinos en un armario porque no queríamos que murieran aplastados como cucarachas en el exterior por ser judíos. Ellos no entenderían, dijo una vez mi madre mientras secaba la vajilla. Nadie entendería.

Tampoco podríamos decirles, ni siquiera al párroco en el confesionario o a Dios antes de dormirnos, que estábamos de paso. Porque un día, no sabíamos bien cuándo, nos escaparíamos de este pequeño pueblo feliz.

Para llegar al colegio debíamos caminar seis kilómetros de ida y seis de regreso. Algunos días me sentía enfadada, muy enfadada o a punto de explotar del enfado. Echaba mucho de menos a Misha. Todo me resultaba pequeño, insatisfactorio, pobre y a veces hasta feo. No tenía que ver con el entorno. Era simplemente que me sentía incompleta, quería que me dejaran en paz con mi desdicha y manifestaba mi rabia con ladridos, con caras largas cuando tenía que poner la mesa para el desayuno y con un silencio impenetrable. ¿Era completamente necesario estudiar? ¿No podíamos aprender en casa? ¿No teníamos acaso una madre profesora?

Mi pasado era demasiado largo, me sentía mayor para algunos juegos. Me sentía joven para ser vieja y vieja para ser joven. No tenía el menor interés en correr, por ejemplo, tampoco en trepar, espiar, revolcarme en la tierra o recoger frutos del bosque. Las cosas que antes eran el centro de mi vida dejaron de funcionar. Se apagaron. No tenía la capacidad para reconocerlo entonces o quizás me daba vergüenza aceptarlo, pero realmente echaba de menos la guerra. Al menos nos mantuvo unidos el tiempo que duró. Pensaba en estas cosas mientras pateaba la misma piedra. Sentía náuseas y un ligero dolor en la punta del dedo gordo. Además de todo, los zapatos me empezaban a quedar chicos. Quería decírselo a papá, pero sentía una pena inmensa al verlo caminar los seis kilómetros de ida para dejarnos en el colegio, los seis de regreso luego para ir a trabajar y lo mismo en la tarde para recogernos. No parecía un buen momento para pedir unos zapatos nuevos.

Papá, de esto no me cabía la menor duda, seguía siendo el hombre más fuerte del mundo después de Alex.

Fue en uno de esos trayectos que papá dijo algo que no podíamos compartir con nadie. Ni siquiera estábamos autorizados a comentarlo entre nosotros o, peor aún, con nosotros mismos: era un secreto prohibido incluso para nuestro mundo interior. En ese entonces no se podía tener ninguna embarcación que no estuviera registrada por el régimen. Cualquier medio de transporte era una posibilidad de fuga y si intentabas huir por aire, mar o tierra lo más probable era que fracasaras y te metieran preso o amanecieras muerto. Papá decía que debíamos largarnos cuanto antes. Tenía que meter a toda su familia en el pequeño velero a motor que había adquirido gracias a los contactos de Daniel y Milo. Caminar veinticuatro kilómetros al día durante los tres meses de colegio es un tiempo bastante prudente para planificar una fuga y papá tenía el mapa de nuestra huida proyectado en la cabeza.

Usaríamos el velero los fines de semana para simular ser una familia pudiente con deseos de tomar el sol y pescar.

Tendríamos que izar las velas, pero solo a medias para que los pescadores pensaran que éramos malos marineros y que jamás seríamos capaces de emprender un largo recorrido.

A mis padres se les torcía la expresión cuando hablaban en voz baja. Sabíamos que no eran discusiones sobre el precio del pescado o del pan. Nos iban a meter en una caja de fósforos en la inmensidad del océano. Eso no lo escuché, lo vi. Con el tiempo aprendí a leer los gestos de los adultos. Al principio no sabíamos de qué hablaban, pero luego aprendimos a interpretar sus movimientos y susurros. Solo que por pura cortesía evitábamos las preguntas incómodas: qué, por qué, cuándo. Hasta las paredes oyen, decía mi madre.

Yo le había escrito una carta a Misha en la que había puesto un especial cuidado en mi atormentada caligrafía, esa que ni siquiera mamá era capaz de descifrar. Para Misha y solo para ella dibujaba la letra A con una coqueta coleta por donde resbalaba todo el amor y la inquietud que las palabras puestas sobre el papel producían en mí. Querida Misha. Escribir su nombre me ardía, me sudaban las manos y tenía que secármelas en el vestido para que el lápiz no se me escurriera entre los dedos. Ha llegado el momento, anotaba. Santa Eufemia se libró de los castigos físicos, pero no del zarpazo de un oso. Nosotras nos libraremos del castigador y del oso. Quería escribirle algo críptico que solo ella y yo pudiéramos comprender, pero también era bastante probable que no conociera la leyenda de Santa Eufemia. Sin embargo, sería mejor no hacer una referencia demasiado explícita a nuestro punto de encuentro. Ella era la chica más lista del continente, pero eso no quitaba que nuestra carta fuera interceptada, nuestra identidad revelada y nuestros cuerpos cortados en pedacitos. Tenía que ser un poco más sutil. Taché la frase anterior y, en cambio, escribí:

> *Te espero el próximo domingo después de la misa, en lo alto del monte, para ir a recoger frutos. Iremos a jugar al lugar que me dijiste. Ven ligera. Viaje largo.* Toujours, *Vera.*

Me persigné con la carta en la mano y cerré el sobre con esperanza.

Mis padres habían tomado la decisión de alejarnos para siempre de todo cuanto habíamos vivido y conocido sin consultarnos. Ya no quería estar con ellos, yo no quería que nadie me impusiera un destino, quería tener la capacidad de elegir y yo elegía quedarme con Misha para emprender juntas el plan de huida que imaginamos la noche previa al enfrentamiento con el soldado.

Cuando fui al correo a dejar la misiva, encontré al cartero desparramado en la puerta de entrada. Decía que algunos caminos estaban cortados y que las cartas no entregadas se acumulaban en la oficina por montones. Mira, me dijo, echa un vistazo, y por la rendija de la puerta alcancé a ver sacos de llenos de cartas que seguramente guardaban mensajes como el mío: coordenadas para futuros encuentros, destinos de huidas, noticias de desapariciones, despedidas, promesas y perdones... los argumentos de esos papeles doblados con amor, tristeza o esperanza no podían traer noticias felices. No en estos tiempos, pensé. O quizás sí, tal vez esas palabras escritas auguraban futuros encuentros, planes y reapariciones. Por primera vez en muchos días, sonreí y me llené de una alegría explosiva. Tal vez Alex tenía razón y todo, finalmente, iría bien. Entonces, las cosas a mi alrededor cobraron una dimensión distinta y por primera vez sentí un brillo exterior. Ahora el mar era un horizonte menos melancólico y las nubes se disipaban para mostrar un cielo azul y despejado. Entregué mi carta con toda la fe que yo, Vera, precisamente la mujer con fe, fui capaz de sentir, aun cuando hacía un tiempo que ya no creía en nada más que en el peso de mi cabeza sobre los hombros.

Pasé los siguientes días en la puerta del correo y luego dentro, desde que me hicieron pasar para protegerme de la lluvia, sin saber que ya no me movería del calor de toda esa correspondencia dirigida a otros destinatarios, a quienes yo les deseaba en silencio la mejor de las noticias. Santa Eufemia obra por mí el milagro de la respuesta, rezaba, primero permite que el cartero llegue sano y salvo a su destino, después que el vecino sepa que Misha se llama Misha y que Misha no haya tenido que moverse hacia otro lugar como nosotros. Por último, y este es el milagro más fuerte que una niña le había pedido a Santa Eufemia, a todos los santos y a los dioses de la mitología griega, romana y egipcia: permitan todos ustedes que los dedos largos de Misha abran finalmente ese sobre que cambiará nuestra suerte y nos mantendrá unidas el resto de la existencia.

Mi desbordante ilusión debió obrar, efectivamente, una especie de milagro en la región porque al cabo de dieciséis días sostuve entre mis manos un sobre que llevaba mi nombre en el lugar del destinatario y el de Misha en el remitente. Al principio no me reconocí en esas letras, me temblaba la mano y temí romper la carta al abrir el sobre de puro entusiasmo, pero cuando finalmente pude abrirlo me reencontré con algo tan familiar como mi propio rostro frente a un espejo. Su caligrafía era delicada y muy inclinada hacia la derecha. Sus letras eran altísimas y espigadas como ella. Leí mil quinientas sesenta y siete veces aquellas cuatro palabras eternas:

Ahí estaré, Vera. Toujours.

14

Angelita y yo aterrizamos en Madrid el 7 de junio de 1999, fecha en la que supuestamente reventaría el mundo, pero en esa ciudad lo único que revienta en la calle es la estridencia de unas voces que suenan muy por encima de los decibeles a los que estoy acostumbrada. Hay alegría, un cielo abierto al color y personas que parecían haber sido desalojadas de sus casas para instalarse en las calles con un fervor permanente, casi enajenado.

Encontramos sin dificultad un hostal. Se llama Moderno y el recepcionista, un señor de nuestra edad al que le están a punto de saltar los botones de la camisa, insiste en que lo tuteemos. De camino a nuestra habitación nos cuenta que es viudo, que su turno termina a las ocho y que si queremos un cicerón él se ofrece encantado a mostrarnos la ciudad. Dos horas más tarde, el tiempo justo para acomodarnos en unas camas desfondadas y darnos una ducha bajo un hilo de agua fría, Samuel está en la puerta del hotel con un mapa de la ciudad en la mano. ¿Ven esto?, pregunta. No lo necesitamos. Y con un gesto histriónico lo lanza al primer basurero que hallamos a nuestro paso.

A lo largo de una noche que durará todas las horas de oscuridad, nos movemos en un radio de acción de apenas un par de cuadras. Nuestra primera parada es una barra de mármol donde nos sirven cervezas en unos vasos pequeños sobre un fondo de azulejos pintados a mano. Angelita, que con el dedo índice insiste en ondular un mechón lacio de sequedad, quiere contar todo en orden. Quiénes somos, de dónde venimos y por qué estamos aquí. A mí me resulta extraño contarle la vida a un desconocido y me ruborizo con cada una de sus palabras.

Ella también es viuda, le dice a Samuel. Yo no, yo nunca me casé, felizmente. Soy madre soltera de un hijo genio que vive en Estados Unidos y gana un montón de plata. Hemos venido aquí por un día porque mañana nos vamos al sitio donde ella nació, pero del que tuvo que huir. Una guerra. En ese sitio ocurrió una guerra donde todos se murieron o se perdieron, pero ella sobrevivió y se subió a un barco que la terminó dejando en Perú. Imagínate. Ahora estamos haciendo un viaje igual, pero de regreso. Y en avión, que si llegamos a venir en barco me tiro por la borda. ¿Es así o no es así, Vera?

En cierta forma sí, tiene razón, pero su ligereza me enrojece de furia y quiero dejarla sola con el recepcionista gordo que debe ser un experto asaltante de turistas para que la hiera sin hacerle verdadero daño y luego vuelva a mí, arrepentida.

Pero Samuel no hace preguntas, asiente, como si se tratara de una historia que ha escuchado muchas veces y no quiere volver a oír. Parece más interesado en llevarnos a un local cercano que durante el día funciona como bingo, pero a partir de las once de la noche se convierte en un lugar con poca iluminación y buena música. Los Chunguitos y eso, dice. El camarero nos tira unos platos minúsculos sobre la barra. Samuel es un diestro pelador de langostinos y, mientras chupa el cuerpo o la cabeza haciendo un ruido horrendo, nos cuenta que perdió a su mujer hace diez años y que, desde entonces, vive en una casa compartida con su hija, el yerno y dos nietos. Yo, como también he oído muchas historias como la suya, no le hago preguntas y prefiero evadirme con una tele en la esquina del bar donde se habla de la próxima conversión de la moneda que, probablemente, también generará algún tipo de colapso en la vida cotidiana de las personas, pero seguramente mucho menos terrible que el estallido mundial predicho por Nostradamus.

La proximidad al lugar de donde vengo debe haber cambiado mi metabolismo porque duermo menos y como más, estoy ansiosa. Se me repiten imágenes del pasado de forma circular. Esta obsesión se manifiesta con mayor nitidez que en los últimos cuarenta años. Como si la voz que me llama estuviera cada vez más cerca. Y esa voz, estoy segura, es la de Misha. Aunque nunca supe nada más de ella, todavía hay noches en que me despierta la incertidumbre. ¿Y si llegó a nuestra cita? ¿Y si quien la dejó plantada fui yo y luego tuvo que quedarse sola sin poder volver a casa con sus padres? Nunca hice ningún esfuerzo en buscarla, ni siquiera podía recordar su apellido y tal vez Misha tampoco era su verdadero nombre. Alfonso me dijo una vez que Misha era el diminutivo de Mikhail en ruso. Lo sabía por las novelas de Tolstói o de Dostoyevski y me lo confirmó cuando llamaron Misha a un oso tierno y alegre que se convirtió en la mascota oficial de unas Olimpiadas celebradas en Moscú, en 1980. Quizás nosotros la llamábamos así cuando su nombre real era, no sé, Andrea, por ejemplo. No tenía cómo saberlo.

Cuando le conté a Angelita sobre Misha me hizo una pregunta que quedó dándome vueltas durante mucho tiempo. ¿Y si ella sobrevivió con su verdadero nombre en otro lugar y solo murió la Misha que tú conociste? Ese otro lugar debe existir, decía. Todos esos que tú perdiste se deben haber ido al mismo sitio, a un universo paralelo como el limbo o el paraíso, pero al que todos podríamos acceder sin necesidad de estar muertos. Le voy a preguntar a Beto, él seguro sabe de estas cosas.

Yo me reí, como diciendo qué pavadas hablas, pero internamente sabía que ese universo paralelo del que ella hablaba existía. Yo abriría esa puerta cada tanto, cuando no podía reír en el ahora porque me daba una especie de picor y odio y así, abriendo esa puerta, me obligaba a estar triste y aislada en un lugar donde me sentía más cómoda con mi lejanía. En esa especie de cueva atemporal podía dedicarme, por ejemplo, a elucubrar teorías sobre los posibles destinos de Misha. Tal vez había corrido una suerte parecida a la mía. Durante la guerra muchos judíos huyeron a Bolivia, Argentina, Estados Unidos o Perú. Quién sabe si ella tomó uno de esos barcos hacia un nuevo país y ahí conoció a una persona buena con quien pudo compartir su vida, como yo que conocí al santo de Alfonso. A veces la imaginaba de grande y pensaba si el resto de su cuerpo habría alcanzado, finalmente, la proporción de su nariz. En mis pensamientos, incluso, tomaba las riendas de su vida y me hacía pasar por ella. Misha adquiría mi personalidad y yo tomaba las decisiones en su nombre, como si hubiera poseído su cuerpo y pudiera dirigir sus pasos en ese mundo alternativo donde era libre de elaborar todas mis fantasías. Si me daba el punto le creaba una existencia feliz en un sitio exótico, en una especie de paraíso caribeño o tailandés. Otras veces, cuando quería ingresar a un territorio todavía más oscuro, la dejaba de pie en el lugar donde la vi por última vez. Entonces su cuerpo era acribillado en un fuego cruzado y se retorcía en el suelo con pequeños espasmos de sufrimiento.

He olvidado su voz por completo y la mayoría de recuerdos probablemente me los he inventado, exagerándolos y dándoles una forma nueva, más en sintonía con mi manera de ser actual. Con el tiempo, uno deja de echar de menos y ese sentimiento se convierte en otra cosa, en un agujero que te atraviesa de lado a lado y que la gente puede notar cuando te sientas y no prestas demasiada atención, cuando pides por favor, cuando cedes el paso, cuando sonríes diciendo gracias, cuando haces un montón de cosas amables, pero en realidad quieres mandar a todos a la mierda. En esos instantes quiero destruir mi debilidad, que se imponga el odio sobre la ternura y, en vez de curar y conciliar, quiero arder en llamas y, de paso, hacer que se incendien también todos los que me tocan, los que me miran, los que se atreven a preguntar. No todo el tiempo quiero entrar a ese universo paralelo, pero, como soy la creadora, me siento irremediablemente atraída y trato con todas mis fuerzas de cerrar esa puerta, de alejar los recuerdos, de encender la televisión, de poner las noticias, de conectar con algo que me traiga de vuelta al presente. A veces lo logro.

Samuel ya no chupa el cuerpo del langostino, ahora baila con Angelita en el bingo reconvertido en salón de baile. Suena una música alegre y la luz baja de tono, estamos casi a oscuras salvo por las luces de colores en el techo y algunos peldaños pintados de fosforescente, supongo que para evitar que nos rompamos la crisma. Al principio de la noche solo había señoras con peinados altísimos y esponjosos y señores de saco y corbata, pero conforme pasan las horas empiezan a llegar veinteañeros y treintañeros que levantan sus copas como quien alza un trofeo. Un muchacho que podría ser mi nieto me pregunta si llevo fuego, le digo que no, pero igual me ofrece un cigarro, lo acepto y al poco rato estoy bailando con él, con sus amigos y con todo un local afiebrado de alegría y alcohol. Busco a Samuel y a Angelita. Recuerdo el nombre del hostal —Moderno— en caso me pierda o se pierdan ellos de mi vista. Debí sacar una tarjeta, pienso. Pero no me asusta la posibilidad de perderme de camino al hostal. No hay nada aquí, en este lugar oscuro con un volumen de música habitualmente insoportable para mis oídos y lleno de personas extravagantes y desconocidas, que me conduzca al miedo. Me acodo en la barra y pido un whisky en las rocas. Unas mujeres a mi lado apuntan el objetivo hacia un señor calvo de chaqueta de cuero en verano que acaba de ingresar por la puerta con coquetería, como si el tiempo no hubiera pasado sobre su cuerpo desgastado y todos los días de los pocos años que le quedan estuvieran a punto de reiniciar la vida con un nuevo amor. Como si siempre existiera una esperanza en el otro. Y con esa actitud se acerca a ellas. No hay tiempo que perder. Las saca a bailar a todas. O todas piden bailar con él porque huelen su deseo de vivir. La que estaba a mi lado, la de pelo lila, me arrastra también a la pista de baile y yo me dejo llevar, me dejo conquistar por la música y las sonrisas en los rostros de los demás. ¿Cómo serán todas estas vidas? ¿A qué guerras habrán sobrevivido?

Siento que he perdido el tiempo, que durante todos estos años he sido algo así como la niña de la cueva, escondida y herida, alguien que por no querer curarse solo ha sabido atacar para defenderse de una amenaza imperceptible, de una guerra que ya no se libraba en el campo de batalla sino en un espacio íntimo, donde seguían cayendo bombas que dejaban cráteres enormes que nadie más que yo podía ver. Porque fuera de la cueva, estoy segura, trinaban pajarillos donde yo veía murciélagos.

La música, el sudor de los cuerpos, la energía de esta ciudad sin edad me hacen darme cuenta por primera vez de que era yo quien no veía. Ahora puedo ver el pasado claramente y qué parte de mí se quedó atrapada en ese universo paralelo del que me habló Angelita. Veo con tanta claridad que, incluso en medio del ruido y las luces de colores, alcanzo a divisar a mi amiga y a Samuel contra una pared sobre la que cuelga un cartel con una flecha que apunta a la salida. Angelita parece a punto de asfixiarlo con las manos, el cuerpo, la lengua y yo me río a carcajadas y me entrego a un baile desenfrenado, como en un ritual ancestral donde los tambores llaman a la lluvia en tiempos de sequía.

Salgo a la calle a tomar un respiro y descubro que ha empezado a llover furiosamente.

15

Aquel domingo antes de misa, mamá preparó un pescado frito enorme. Sobre la mesa puso una botella de vino, otra de agua, un poco de queso y una barra de pan. En la iglesia rezamos con una devoción inusual, entregados. Los cuatro, cada uno inmerso en sus propias fantasías y planes, con las rodillas clavadas al suelo y la fe de un acólito a punto de administrar la eucaristía. Recen con devoción, nos había dicho papá antes de apurarnos a misa. Pidan con fe para que nos vaya bien y, sobre todo, no levanten sospechas. Fue escuchar la palabra sospecha y sentirme como un espía norteamericano con todos los ojos de los francotiradores puestos sobre mí. ¿Y si morimos? ¿Si en la huida Misha y yo perdemos la vida? ¿Cómo sería el cielo? ¿Los muebles serían de nubes? ¿Estaría prohibido usar el fuego infernal para calentar los alimentos? ¿Vestiríamos todos túnicas blancas?

Pienso en los motivos que pudieron llevar a papá a tomar la decisión de meter a su familia en una caja de fósforos para huir de todo cuanto nos resultaba familiar. Huíamos de la guerra, sí, huíamos del totalitarismo, también, pero en realidad, creo, huíamos de la mentira. Porque había llegado un momento en que era imposible decir la verdad. La verdad te condenaba al repudio, a la vergüenza, al miedo y a la muerte. Estábamos familiarizados con la Biblia, sabíamos lo que era el pecado y la necesidad de un acto de contrición para lograr el perdón. Lo que habíamos hecho y estábamos a punto de hacer contradecía los planes que alguien superior había escrito para nosotros. No era Dios, pero era una especie de Dios ese a quien habíamos burlado. Nos habíamos rebelado contra un orden supremo. Papá debió intuir que, en ocasiones, el pecado es tan grande que ningún sacerdote podría absolverlo. Por ello, tendríamos que buscar el perdón en algún lugar donde estuviera permitido decir la verdad.

Al salir de la iglesia, yo me retrasé un poco y empecé a buscar con la mirada a Misha. Debía estar por llegar o quizás ya estaba escondida detrás de alguno de los árboles que coronaban esa montaña desde donde alcanzaba a ver un mar salpicado de pequeñas islas. Escuché a papá decirle a un vecino que pasaríamos el día navegando. Me daba tristeza saber que no acompañaría a mi familia, pero por encima de la pena destacaba la ira, que con sus lenguas de fuego llevaba un tiempo haciéndome decir cosas que no quería. No es verdad, papá, hoy no nos vamos de paseo a ninguna isla. Y me giré para darles la espalda y dejar atrás una estela de rabia y amoníaco.

Me sentía excitada y feliz con la aventura que estaba a punto de emprender con mi mejor y única amiga. Me sentía fuerte, pero algo contradictorio tambaleaba en mí al observar los rostros de mis padres y hermano, como una balanza que no sabe de qué lado inclinarse porque lleva cargas parecidas. Verme tan similar a ellos, reconocerme en sus olores, en el color de sus pieles y en sus facciones, hacía que me doliera el pecho. Supuse que el dolor inicial de la separación inminente con el tiempo se convertiría en otra cosa, algo así como una astilla que yo podría identificar y desprender de mi corazón cuando me doliera mucho.

¿Y si me arrepentía? ¿Dónde los buscaría luego?

Estar a punto de dejar atrás ese pueblo en calma, con sus vidas rutinarias y apacibles, hizo que un rayo de inquietud me partiera en dos. Misha no llegaba y me puse a llorar nerviosa. Le dije a mamá que había olvidado algo en casa, que debía volver, y mamá, tal vez muy metida en su papel, me contestó con júbilo. Por supuesto, anda, recoge lo que haga falta, aunque el paseo será breve, no se te ocurra traer toda la casa, dijo la muy hipócrita. Yo deambulé por la iglesia. Busqué debajo de las bancas, en el confesionario, detrás del altar. Misha podría haberse escondido en alguno de estos sitios. Salí y continué mi búsqueda entre los arbustos. Silbé. Dije su nombre. Hacía algunos minutos que los parroquianos habían abandonado la iglesia. El cura también había partido y nada más salir del templo dedicado a Santa Eufemia, las enormes puertas de madera de la iglesia se cerraron haciendo un sonido como de antigüedad y óxido. Entonces, grité su nombre al viento una vez, dos veces, diez veces, pero no obtuve respuesta.

Elegí dos piedras pequeñas, las besé y coloqué en la puerta de entrada de la iglesia. Todavía con esperanza, descendí hacia el puerto con el corazón acelerado, deteniéndome en cada uno de los rincones donde su larguísimo cuerpo podría haberse refundido. En el trayecto me crucé con Alex, Milo y Daniel. Milo se detuvo para decirme alguna cosa estúpida y yo busqué la mirada protectora de mi hermano, pero él siguió caminando sin dedicarme un solo segundo de su tiempo.

Todo cuanto dejaba atrás de camino al puerto: nuestra casa, mi cama, los muebles, la iglesia, las calles empedradas, los marineros, la escuela... todo iba deshaciéndose, desmoronándose como en avalancha, descomponiéndose. Era la segunda vez que me marchaba de un lugar. Esta casita no era nuestra villa. Las amistades que había trabado eran superficiales y no había desarrollado grandes afectos por nada. Puede ser que, en el fondo, cierta simpatía por Milo, pero en general sentía que había vivido una suerte de edad de piedra, donde mis afectos y sentimientos se habían convertido en algo sólido.

Mamá disimulaba el pescado frito con un trapo de cocina, pero este insistía en asomar su ojo calcinado como no queriendo perder detalle de la huida. Soplaba un viento amable, el clima ideal para pasear en bote un domingo en familia después de la misa. Alex, en compañía de sus dos amigos inseparables, enrollaba los cabos. No se preocupen, dijo, no somos grandes marineros, es solo un paseo, volveremos antes de que se ponga el sol. Y soltó una risotada.

Yo pensaba en no embarcarme, en bajar a último minuto y esperar a que Misha apareciera. ¿Y si no llegaba? ¿Y si el enemigo había interceptado nuestra carta?

Entonces vimos que un *jeep* de combate con al menos seis soldados en el interior se aproximaba al puerto. Papá izó las velas y señaló a los soldados con una ceja para alertar a Alex. Tal vez ahora sí sería el coronel en el que aspiraba convertirse, pensaba yo al verlo tan alto y guapo, alguien a cargo de una embarcación y de una familia a punto de huir de una guerra. Yo pregunté si llevábamos un mapa y una brújula. Los hombres de la casa se miraron entre sí y Alex me contestó que sería peligroso porque en el siguiente puerto registrarían el velero y si encontraban algún instrumento de navegación podríamos ser descubiertos, podrían deducir que estábamos a punto de emprender una travesía más larga de la prevista.

Yo pensaba que tal vez Misha había sido capturada por esos soldados que, inevitablemente, venían a nuestro encuentro. Es más, ¿y si ella se hallaba dentro del carro de combate? O, simplemente, tal vez nunca pudo salir de casa porque sus padres no la dejaron. O, peor aún, ella, temerosa, reveló su plan de acción presa del pánico y ahora estos soldados impedirían nuestra huida.

Ahí estaré, Vera. *Toujours.*

Sus palabras ahora me sonaban falsas, vacías, débiles. No había sido capaz de huir, no había tenido las agallas de un verdadero koschéi, me había ilusionado con su carta para revelarse luego como una mentirosa. No había sido verdad ese sueño construido dentro de la grieta, donde ella y yo viviríamos en una ciudad enorme donde pasarían cosas felices e interesantes, donde podríamos elegir nuestra ropa y pasear a la vera de un río cristalino que reflejara las risas de la gente. Misha no llegaría. Misha me había engañado. La convicción de mis propias ideas me impulsó a poner un pie dentro del bote y luego abrazarme a mamá, todavía con el pescado en el bolso, y sentir vergüenza y arrepentimiento por haber despreciado a mi propia sangre en favor de una traidora.

Los soldados estaban cada vez más cerca y papá puso en marcha el motor. Teníamos que partir cuanto antes. Escuché la orden. Nos vamos, dijo papá, marineros a sus puestos. Nos persignó y puso tres de sus dedos sobre nuestras bocas para que los besáramos al decir amén. Alex todavía estaba en tierra desamarrando el bote junto a sus dos compinches, que emitían gruñidos y gemidos animalescos. Milo giraba la cabeza con disimulo para avisarnos qué tan cerca se hallaban los soldados. Vámonos, decía papá con apuro. Alex subió, finalmente, a nuestra pequeña embarcación, pero apenas zarpamos y cuando los soldados se encontraban a menos de cien metros dio un brinco que lo devolvió a tierra firme.

Papá no podía verlo porque estaba concentrado en la rueda del timón. Pero yo sí lo vi. Se había llevado el dedo a la boca para señalarme que guardara silencio. Nuestro velero avanzaba hacia un nuevo mundo y Alex no estaba con nosotros. Yo quise gritar, pero no me salía la voz. Tiré a mamá del vestido y señalé a Alex con el dedo índice. Mamá pegó un grito feroz y se agarró la cabeza con las manos para darse de golpes contra el mástil. Papá se unió a nosotras y miró lo inevitable. Mi hermano, mi dulce y adorado hermano, estaba al borde del muelle con un puño en alto. Había elegido su destino. Había decidido lo que yo no pude, hacer lo que realmente quería, lo que su corazón le ordenaba, aunque se equivocara terriblemente en el intento. Al quedarse, Alex, mi pequeño héroe, optaba por la búsqueda de trascendencia, por formar parte de un ejército de verdad y dejarse la vida en algo supremo. Sus ideales le planteaban una disyuntiva: ser hijo y hermano mayor o luchar para cambiar el estado de las cosas por algo tan abstracto como el bien de la humanidad.

Hermano de mi vida, ¿por qué no me elegiste a mí?

Lo vimos conversar con los soldados. No parecía que papá, con la vista puesta en el horizonte, considerara volver. Alex, probablemente, estaría engañándolos, diciéndoles que el resto de su familia pasaría el día de paseo y volvería al atardecer. De esta forma, quién sabe, no nos detendrían en el siguiente puerto. ¿Fue por eso que se quedó en tierra? ¿Para salvarnos? Mamá me tenía entre sus brazos, emitía un gemido rítmico y me mecía como la bebé que ya no era. Ella, siempre vacía de expresión, siempre capaz de proyectar serenidad por encima del terror que sentía, era ahora una persona mutilada, doliente. De pronto, entre sus brazos, sentí que ya no era ella quien me protegía. Era yo quien consolaba a esa mujer arruinada y empequeñecida. Aunque compartíamos el mismo dolor, yo percibía el suyo como irreal. Mientras yo estaba en mis zapatos y dentro de mi cuerpo, la mitad de mamá parecía haberse ido a otra parte, como la vez que vi cómo el alma abandonaba los cuerpos inertes de esos muchachos que se convirtieron en sacos de papas por culpa del vecino. Antes había supuesto que el dolor de la despedida se transformaría en la astilla que podría extraer cuando me doliera mucho. Ahora sabía que no podría hacerlo, que la astilla permanecería clavada hasta formar parte de mi cuerpo y que yo tendría que esconder para siempre mi herida abierta.

El pescado con el ojo fijo en el cielo me devolvió a la realidad. La noche empezaba a caer y solo veíamos mar a nuestro alrededor. Nunca había estado en mar abierto. Era como un recipiente a punto de rebalsarse. El mar se hinchaba. No podía caber más agua de la que había, pero las olas aumentaban de tamaño conforme soplaba el viento y el universo, que hasta hace unos minutos parecía de juguete, comenzó a transformarse en una bruja hostil, maquiavélica y asesina. Las olas formaban extrañas figuras y el mar, inagotable, se inflaba e inflaba como la barriga del tío Método cuando dormía la siesta. ¿Y si estábamos condenados a navegar eternamente? ¿Si nunca encontrábamos un puerto?

Nadie articulaba una palabra dentro del velero. Mamá se recostó en el pequeño compartimento en el semisótano de la nave. Es decir, por debajo de la línea de flotación. Yo me quedé en cubierta, abrazada a la baranda, jugando a tocar con mis dedos el agua. Al principio era difícil, apenas podía pellizcarla con la punta de los dedos, luego pude meter los dedos completos, la mano hasta la muñeca, el antebrazo. Cuando el agua me llegó al codo, pensé que tal vez era mejor idea unirme a papá. Presentí que en cualquier momento un pulpo gigante me succionaría entera.

Navegábamos solo con las velas, papá había apagado el motor para que las patrullas que custodiaban las costas no pudieran escucharnos. Decidí tomar un sorbo de vino y luego otro. Papá, aunque estaba muy concentrado en el exterior, me dedicó una mirada rápida y asintió con el mentón. Me detuve a observar un punto fijo en el mar para no perder el equilibrio, como la bailarina de ballet de la caja de música que Misha y yo abrimos a escondidas en el cuarto de mamá. Entre las ondas, a una distancia lo suficientemente cercana como para que no se tratara de una visión, emergió una aleta. Teníamos al menos cuatro tiburones dando vueltas alrededor de nuestra pequeña embarcación. Había algo en la calma y naturalidad con que nos cercaban, algo verdaderamente preocupante, como si toda la paciencia del tiburón tarde o temprano merecería una recompensa. Al rumor del mar se sumaban las imparables arcadas de mamá. El mar empezaba a rebelarse y de las profundidades emergía toda esa negrura, todas esas olas como panteras saltando dentro de nuestro barquito. Pensé en otra cosa, cerré los ojos e imaginé campos floridos y suaves colinas, prados interminables por donde corríamos, reíamos y éramos felices. Misha y Alex saltaban a mi lado y la estampa de felicidad de pronto me asfixiaba, me devoraba la ansiedad por saber cuándo los volvería a ver. Era horrible estar en mi mente así que mantuve los ojos bien abiertos para no perder ningún detalle de la forma en la que, estaba convencida, moriríamos.

Los ladridos de un perro me sacaron del ensueño. Hasta donde sabíamos, los tiburones no ladraban. Si existe un perro, hay un vigilante, dijo papá. A los pocos minutos se aproximó una patrulla que, efectivamente, llevaba un perro en la proa. Alguien nos iluminó con una linterna y, a contraluz, pudimos adivinar la figura de un soldado. No nos vio. ¿Estaríamos muertos o nos habíamos convertido en seres invisibles? De otra forma tendríamos que haber sido registrados. Ese pequeño triunfo fue un buen momento dentro de nuestra embarcación de papel. Si ese terror iba a ser el Gran Miedo de la travesía, ya habíamos superado la peor parte. Papá y yo compartimos nuestras impresiones sobre el perro flotante y el soldado ciego cuando el rumor del mar apagó nuestras voces. El ánimo de papá no había cambiado demasiado. Parco y con la mente en otro lugar, no parecía muy afectado por el hecho de que Alex no se hubiera embarcado con nosotros. Parecía tener todo bajo control y yo me sentí afín a la tranquilidad que parecía albergar su corazón. Mientras tanto, mamá vomitaba.

El ruido del mar era cada vez más intenso y papá y yo nos comunicábamos con gestos o a gritos. Al no estar Alex, papá dependía de mí para algunas labores, como recoger con un balde el agua que se colaba en nuestra nave. Eso me hacía sentir importante y, por primera vez, considerada. No necesitaba un hermano. Tampoco un coronel. Yo podía ser la valiente, la que se hiciera cargo de papá y mamá, la autosuficiente. O eso creía. Cuando la noche se volvió completamente oscura y apretada ya no quise ocupar el lugar de Alex. Quise seguir siendo yo misma. Pero ya no podía.

Las velas parecían a punto de romperse por un viento que ahora soplaba con rabia. Encendimos el motor para remontar las olas enormes, pero este respiraba agitado. Definitivamente no tenía suficiente aliento para enfrentarse a olas como demonios. Papá me ordenó que colocara esponjas de agua fría en el motor caliente a punto de estallar. Al cabo de un rato me miré las palmas de las manos en carne viva por intentar darle algo de serenidad a la máquina. La noche negra ocultaba a la luna, la única que podía guiarnos sin brújula ni mapas hasta una costa segura. A estas alturas, no sabíamos si avanzábamos, retrocedíamos o dábamos vueltas alrededor de los tiburones.

La luz del amanecer, en vez de traernos calma, nos colocó en el centro del pánico. El monstruo invisible ahora tenía la forma de una pared de agua. Ya no tenía sentido achicar. Mamá y yo nos abrazábamos con fuerza para no ser arrancadas la una de la otra con cada golpe de mar. Me asomé para ver si papá seguía con vida. Quizás una mano de agua lo había sacudido y extirpado fuera de la nave. Seguía. Ahí estaba, indefenso en su traje de domingo empapado, no como los capitanes y marineros de los puertos y como en las novelas que siempre lucen un atuendo heroico. Mamá rezaba, pero yo no era capaz de invocar a ningún dios y mucho menos a un santo para que nos librara de la muerte. No quería salvarme. Quería que todo desapareciera, cerrar los ojos y, finalmente, descansar.

Aferrados a lo que podíamos, nos entregamos a la idea de que la siguiente ola sería más furiosa todavía y por fin nos devoraría, pero las fuerzas de la naturaleza decidieron matarnos otro día. El universo se paró en seco. La lluvia cesó y, de pronto, el mar se desinflamó. A lo lejos vimos una pequeña franja de tierra y una embarcación de mediana envergadura con cinco pescadores que nos hacían adioses y ademanes. Se aproximaron hasta tocarnos, primero con un remo y luego con los brazos abiertos para ofrecernos una nueva oportunidad en la vida.

16

¿Qué pasó con tu hermano?, me pregunta Angelita mientras parte en dos un cangrejo frito. Estamos en el centro de un laberinto de calles, puentes, canales, callejones, plazas y patios. Si miro hacia arriba y mi vista sobrepasa las murallas que nos encajonan, puedo alcanzar a ver un rectángulo de cielo azul. Nuestra mesa está rodeada de cientos, de miles de turistas famélicos como nosotras, ansiosos por devorar una ciudad formada por islas, navegarla y absorberla para sentirnos, por un instante, parte de todo el esplendor y la decadencia contenidos en quince siglos de historia. Me parece que nunca he estado en un lugar tan extraño, pantanoso, flotante, frágil y, a la vez, tan hermoso. No reconozco la pista de aterrizaje de palomas ni el palacio, la basílica o el campanario, no recuerdo a ningún hombre vestido de rayas pilotando góndolas con supuestos amantes a bordo cumpliendo un sueño. Pero resulta que sí estuve antes aquí. Pasé dos noches con la ropa húmeda en una estación de policía hace más de cincuenta años, cuando fuimos rescatados después de estar a punto de naufragar.

Angelita le pregunta a un gendarme dónde podría quedar esa estación y si ese lugar se ha mantenido en el mismo sitio en las últimas décadas. En un italiano construido con señas y bastante impreciso, el policía nos da a entender que nada se ha movido en cientos de años, pero parece más interesado en saber si nos han robado el bolso o nos han estafado. Bolso. Nos han robado el bolso, decimos por decir. Y entonces señala con el índice derecho el camino hacia la comisaría más cercana. Con la mano izquierda practica el mismo ademán que un pastor con sus ovejas. A pocas cuadras de donde estamos, al lado del puente en el que todos los seres humanos que pasan por aquí quieren hacerse una fotografía, incluidas nosotras que sonreímos frente a la cámara que Beto le regaló a Angelita y ahora tiene en su poder un turista japonés, se encuentra la estación de policía.

¿Es aquí?, dice Angelita, todavía con el delineador de ojos corrido del enamoramiento de la noche anterior. No lo sé, le contesto. Todo me resulta familiar, pero no sé si es el deseo de hallar algún recuerdo revelador. Entonces Angelita me arrastra hacia un callejón que conduce a otro similar, donde encontramos una plazuela acaso más pintoresca que la anterior. Desciende significativamente el número de personas por metro cuadrado, se respira mejor. Y todavía mucho mejor cuando, tras varios giros, llegamos a una calle de piedra con geranios en los balcones de los edificios que desde hace siglos parecen estar a punto de desplomarse, pero no se caen. El agua sucia del canal discurre en calma. Nos sentamos en la única mesa de un restaurante desde donde se ve el agua correr.

El camarero lee el periódico en el comedor vacío. Ha pasado la hora de almuerzo y es pronto para la cena. Es un tiempo muerto para él y nosotras venimos a importunarlo. Angelita saca un espejo de su bolso, el que no le han robado, y se mira con horror. No pegar ojo en toda una noche tiene serias consecuencias en la piel, dice, dándose toques en los párpados. Samuel me ha dicho que irá a Lima de vacaciones, pero yo no sé si quiero mantener viva esa llama. Estoy bien así, ¿no? Creo que sí, se contesta a sí misma mientras se delinea los labios con un lápiz del mismo color que el mantel donde nos apoyamos. Tampoco me pareció que besara muy bien.

Nunca más volvimos a ver a Alex. Papá le escribía todos los días al tío Método para actualizar nuestras señales de vida y saber si mi hermano se animaba a dar alguna pista sobre su paradero. Justo un día antes de partir a Perú, papá recibió una carta del tío favorito diciendo que había localizado a Alex quien, junto a los hermanos Daniel y Milo, se había unido al movimiento de resistencia partisano cuyo principal objetivo, cosa que lograron finalmente, era la creación de un Estado comunista.

Papá nos había contado historias sobre el mariscal Tito, líder de los partisanos, a quien los koschéis, el pequeño ejército compuesto por mi hermano, Misha y yo, veíamos como un héroe. Nuestra ubicación geográfica, aquella que nos parecía privilegiada e idílica, se convirtió en un fuego cruzado. Vivíamos entre dos montañas. En una se atrincheraron los nazis y en la otra se escondían los partisanos. Al principio nadie apostaba mucho por ellos. Huyen a los bosques a morir como bestias salvajes, decían unos. Van a crear una sociedad aislada, un gueto y se salvarán de la guerra, decían otros. Mi padre, que practicaba el odio al comunismo y sus ramificaciones con gran disciplina y, al mismo tiempo, un sentido muy agudo de la paranoia, decía que tarde o temprano nos gobernarían. Lo cierto es que crecían en número cada día y Alex se unió a ellos en la Batalla de los Melocotones. Así llamó el tío Método a la batalla que arrasó con los campos de melocotones que circundaban nuestro pueblo. Ocurrió casi al mismo tiempo que la mítica batalla de Sutjeska, en junio de 1943. Fue el quinto intento masivo de aplastar a la resistencia y esta vez salieron dispuestos a masacrarlos. Trescientos aviones y ciento veinte mil tropas de tierra compuestas por nazis, fascistas y ustachas bien alimentados, sanos, descansados y en forma para la victoria. Desde los bosques, el Ejército Popular de Liberación, conformado por veinte mil personas, se organizaba al mando de Tito y su perro Luks. Entre estos hombres, mujeres y jóvenes se encontraba mi hermano. Muchos de ellos, posiblemente el propio Alex, estaban heridos, agotados y hambrientos, pero mantenían intacta la moral del triunfador. La batalla duró un mes y tuvo como escenario protagónico a la montaña Durmitor, que significa dormitorio, un lugar idílico para cualquier recuerdo fotográfico, pero nefasto para el combatiente, obligado a movilizarse por esos intrincados caminos de lodo, desniveles y vegetación abundante que mi propio ejército koschéi tan bien conocía. Salir victoriosos de esta batalla desigual convirtió a Tito y sus partisanos en una leyenda instantánea. Murió casi la mitad, pero desde ese día no dejaron de sumarse hombres y mujeres con la voluntad de sentar las bases de un país renovado y unido, homogéneo, invencible, donde no importaba la procedencia ni la religión. Un ideal perfectamente romántico. El eros. La vida. Una posibilidad de futuro en medio del desastre, una esperanza capaz de ilusionar hasta a un cactus, aunque para algunos, más que una ilusión o un deseo de cambiar el mundo, era la única salida. Si se quedaban en sus hogares serían triturados por los ustachas. No tenían otra opción que internarse en los bosques. Tito sabía. El mariscal sabía que no todos los recién llegados engrosaban las filas de su ejército con el corazón, sabía perfectamente que un soldado infeliz no era un soldado confiable. Por eso invertía mucho tiempo, energía y dinero en propaganda, para reforzar la moral de sus combatientes y hacerlos sentir los verdaderos y únicos seres capaces de conseguir la libertad, incluso en las situaciones más catastróficas. Tito logró que los partisanos tuvieran una identidad y un sentido de pertenencia a una tierra y a una ideología que consistía en restablecer la burguesía desacreditada. Creó un estilo, adaptó una ideología a su propio terreno y supo sacar provecho del enemigo: a mayor cantidad de muertes y torturas, mayores eran los reclutamientos para la resistencia. Lo que empezó con algunos hombres desorientados internándose en los bosques terminó siendo un ejército gigantesco, el cuarto más grande de Europa, compuesto por ochocientos mil hombres y mujeres inspiradores.

Alex entregó su vida a ese ejército soñador que se convirtió luego en otra máquina de asesinatos y, finalmente, en la unión de antiguos reinos bajo una autoridad única. Todas estas cosas me las contó Alfonso, que leía mucho sobre el tema, releía las cartas del tío Método, que yo había guardado en una caja de galletas danesas, e intentaba en vano recomponer mi pasado. Trazaba líneas en mapas colocados sobre la mesa del comedor, consultaba libros e intentaba ubicar el lugar donde Alex podría haber perdido la vida. Yo me hacía la que no lo oía, pero todas esas cifras y esos nombres se grababan en mí, me sacudían por dentro y despertaban a algún tipo de fiera que rugía en mi interior. Cuando Alfonso se iba a dormir, yo revisaba sus apuntes, releía los párrafos de los libros que él dejaba subrayados, trataba de comprender, de recordar, pero a mi mente solo acudían algunas escenas aisladas, un olor, una mirada, un plato de comida, fragmentos de vida, pero jamás una realidad completa.

Tuvimos que esperar tres meses para recibir la siguiente carta del tío Método, que esta vez llegó a las puertas de ese lugar remoto, nuestra casita en el barrio de Jesús María, donde papá, mamá y yo nos instalamos después de rodar por Lima en busca de un hogar y un sustento económico. En ella, Método nos confirmaba el más grande de los temores. Estaba seguro, lo había visto, Daniel y Milo le habían entregado su cuerpo y él le había dado cristiana sepultura con sus propias manos en algún lugar que nunca quisimos saber. ¿Murió de forma heroica, por un fallo involuntario, por traición, en un fuego cruzado, poniendo el cuerpo para defender a los suyos? ¿O fue por enfermedad y hambre? Tampoco lo supimos con exactitud. El tío Método escribió líneas más abajo que había muerto en combate, quizás ocurrió de esa manera o simplemente quiso dejarnos con la idea de que había luchado por lo que creía y por liberar a un país del que nosotros ya ni siquiera formábamos parte.

Era un niño, dijo mi madre, era mi niño. A mí me gustaba pensar que había muerto derribando a pedradas uno de esos Juncker que le gustaba identificar o siendo el líder de algún pelotón. Me gustaba imaginarlo como alguien al mando, alguien a cargo a pesar de su juventud, un soldado diligente y preciso que escaló posiciones rápidamente, que conocía el terreno como la palma de su mano y que ganó la credibilidad de sus superiores. Tal vez le dieron demasiada responsabilidad y, en un acto de valentía, tuvo que decidir entre salvar su vida o la de sus compañeros. Así lo veo yo todavía, como una persona que entregó su vida sin hacerse demasiadas preguntas sobre el valor de su propia existencia. Algunas veces se me atraviesa una fantasía más corriente y banal. Una muerte por atragantamiento, una caída, un golpe en la cabeza, una muerte absurda y pedestre. De ninguna de las maneras me gusta pensar que fue torturado o murió con dolor, pero a veces esa imagen se me incrusta, me apalea, me arrodilla, me quiebra y me derrumba, como si la que estuviera siendo torturada fuese yo. Entonces me resigno. Me entrego. Al menos tu recuerdo todavía me moviliza, Alex. De alguna forma sigues vivo en mí.

Por aquel entonces papá ya había encontrado trabajo como repartidor en una naviera. Salía antes de que cantaran los pajaritos y volvía cuando yo ya estaba dormida. Trabajaba tanto que en poco tiempo fue ascendido a vendedor de repuestos. Recuerdo que con su primer sueldo me compró una bicicleta. Mamá, por su parte, se desvanecía parte del día. Había conseguido una panadería donde podía hornear sus propios pasteles si, a cambio, les echaba una mano con el pan. Por las tardes cosía y tenía una clientela de señoras del barrio que tocaban el timbre y le pedían arreglos simples. De los tres, ella fue la primera en hablar el español con fluidez. Al poco tiempo logró un acento muy decente, no tan rústico como el de mi padre y el mío, que poníamos muchísimo, demasiado énfasis en la letra erre, aunque con los años la erre se fue suavizando hasta que el acento delator prácticamente desapareció y, salvo por mis colores encendidos y mi apellido raro, nadie tendría por qué haber deducido que yo era una extranjera.

En casa no se volvió a hablar de Alex, pero una foto suya en la mesita de entrada, donde aparece con un brazo sobre mi hombro, nos recordaba todo el tiempo que algún día vivió entre nosotros. Aunque a veces dudaba de que las cosas realmente ocurrieron, a Alex no nos lo habíamos inventado. Lo sabía mi soledad, la náusea, el impulso fallido de contarle las cosas a alguien y, sobre todo, aquella foto, la evidencia de que algún día estuvimos juntos, abrazados y sonrientes.

El resto de tiempo que le quedó de vida mamá lloró sin motivo aparente. Cuando cosía, cuando guisaba, cuando una clienta le señalaba la altura del pantalón o cuando se cepillaba los dientes. Papá no salía de casa sin darle un beso al retrato. Él, que nunca nos besaba. Trabajaba como un loco y ese esfuerzo se tradujo en muebles, una cocina, una radio, una moto primero y un auto después. Ambos se volvieron muy devotos. Asistían sin falta todos los domingos a la iglesia a escuchar un sermón que probablemente no entendían, y me obligaban a acompañarlos a pesar de que me inventaba tareas pendientes en el colegio, dolores de barriga y migrañas. Mientras más crecía ese cristianismo solidario que de alguna forma podía reconfortarlos y los hacía alojar y ayudar a todos los que, como nosotros, llegaban de la guerra, yo me sentía cada vez más retraída. Fue por esos días que empecé a escribir un diario. Sentía que en cualquier momento todo podría desaparecer definitivamente y que tendría tan pero tan mala suerte que la única que no desaparecería sería yo, la que sobreviviría al tiempo, al fuego, al mar, a las personas más queridas. La condenada a ver morir. Yo, como la última sobreviviente de mi mundo, pensé en tomar nota de las cosas y circunstancias tal como las había conocido. Así, en cierta forma, podría retener las imágenes antes de que se desvanecieran de mi cabeza y, antes también, de que mi propia cabeza desapareciera.

¿Y todavía crees que no vas a desaparecer nunca?, pregunta Angelita. Han pasado algunas horas. La luz del interior ahora es artificial y al único camarero del principio de la tarde se le han sumado tres más que revuelven el menaje y acomodan las mesas para la llegada de la noche y los comensales. Ella pone su mano tibia sobre la mía y nos miramos de un modo distinto. Nos preguntan si vamos a cenar y les decimos que sí, que otra garrafa de vino y una pasta, cualquier pasta, la más recomendada, la que piden todos, de la que se sientan más orgullosos. Nos traen dos, una con frejoles y la otra de color verde clorofila. Hemos bebido más de la cuenta y salimos del restaurante decididas a dar con el hotel, pero todas las calles nos resultan igual de bonitas, no encontramos un punto de referencia para volver a nuestro alojamiento, que se llama creo que ópera y queda cerca de un canal. No son indicaciones lo suficientemente precisas, así que deambulamos por las calles encharcadas, primero evitando pisar las lagunas de agua formadas en el suelo, pero luego sin detenernos mucho a considerar lo evidente, que ya nuestros zapatos y tobillos están empapados. Volvemos a la plaza donde esta mañana le preguntamos al policía por la ubicación de la comisaría. Los flashes de los turistas saltan por todas partes y nos unimos a ese entusiasmo colectivo con nuestros pantalones y zapatos mojados. Ya llegaremos, dice Angelita. Mi mirada primero, y después todo mi cuerpo, se detiene en una niña que camina cogida de las manos de sus padres. Lleva un vestido largo y blanco, sucio en los bordes. Ella llora, yo deduzco que por su atuendo manchado, y ellos intentan consolarla. O, tal vez, es una familia que estuvo a punto de naufragar y que ahora, en tierra firme, no es capaz de hallar ni sus árboles, ni su casa, ni sus mascotas, ni su pasado. Los padres saben lo que tienen que hacer: fingir que todo está en orden y contenerla. Y ella también sabe lo que tiene que hacer: desbordarse y llorar, por si las lágrimas le permiten luego ver una realidad mejor que la que tiene delante.

Esa niña ya no eres tú, me dice Angelita. Y se ríe con una carcajada fácil y ligera señalándome una tienda de helados que, milagrosamente, desemboca en una plaza que nos conduce a nuestro hotel que contiene la palabra ópera.

Al día siguiente tomaremos un ferry que nos llevará junto a unas doscientas personas hasta Piran. El recorrido tardará entre dos y tres horas, las olas del Adriático no intentarán sepultarnos y un motor que puede arrastrar una plataforma donde caben cientos de pasajeros, maletas, autos, motos, bicicletas e insumos para restaurantes y hoteles nos cuidará de no sentir más que un vaivén parejo e hipnótico. Angelita caerá en un sueño profundo sobre mi hombro y soñará que besa a alguien en la oscuridad de una discoteca. Cuando estemos a punto de alcanzar las costas que abandoné hace más de medio siglo, yo saldré a la cubierta a contemplar mi llegada a viejas tierras. Pensaré que soy como la turista que anhela poner una chincheta extra en el mapa de *National Geographic* del salón de su casa con la intención de destacar los lugares visitados. Me pondré en los pies de alguien que llega a los sitios turísticos para conquistarlos, para poner una bandera, tomarse una cerveza, conocer a alguien que le cuente una historia inolvidable, guardar alguna anécdota graciosa que contarles más tarde a los amigos.

Frente al Adriático y con Piran de fondo, sobre el mismo mar que casi me devora hace tanto tiempo, frente a estas tierras y este mar, testigos de renovadas historias de amor, dolor y pérdidas anteriores a todos nosotros, no sentiré ningún tipo de temor por esa ola que ya no podrá ahogarme. Me sentiré ligera e indiferente ante un pasado que ya no puede hacerme más daño.

No, le diré a Angelita más tarde, ya no creo ser la única sobreviviente de la historia que me tocó vivir, ya no creo ser la condenada a ver cómo mueren los que más quiero, la que toma nota de las cosas antes de que se borren para siempre. Ahora creo que hay algo posterior a mí, algo subterráneo, una raíz que se arrastra por debajo de la tierra y del mar, una fuerza invisible que dará frutos en algún otro lugar con una alegría diferente. Y es ahí donde todo volverá a comenzar.

17

Llegamos al mediodía y salieron a recibirnos los curiosos, la policía y la prensa. «Una familia de prófugos sobrevive a un temporal», publicaron al día siguiente. Salimos en la primera plana del periódico. En la foto aparezco con una sonrisa radiante. Mamá, absolutamente abatida, con la mirada apuntando al suelo. Papá no mira a la cámara. Aparece de perfil, con una mano en la cintura. Si editáramos la foto, él podría estar en un baile o a la salida de un casino después de ganar una pequeña fortuna. Juraría que sonríe. Su mirada se desentiende de nosotros, no nos acompaña en el cansancio ni en la tristeza. Se muestra triunfante.
El recibimiento heroico duró poco.
Este es vuestro hotel, dijo el policía que vino a encajar la rampa por la que descendimos como las vacas o las ovejas. Nuestro nuevo hogar estaba resguardado por un muro infinito con una alambrada de púas para que nadie pudiera escapar de las instalaciones carcelarias. Salió a darnos la bienvenida un oficial muy bien uniformado que nos invitó a elegir las habitaciones que más nos gustaran. Parecía la caricatura de un botones de uno de esos elegantes hoteles de las películas. Elijan la habitación que consideren más lujosa, dijo.
En las caballerizas de lo que aparentaba ser un cuartel del ejército encontramos a otros refugiados como nosotros. Todos éramos iguales, familias con más o menos hijos, adultos solos que probablemente perdieron a sus parejas o hijos durante la guerra. Nos sentimos felices de crear una alianza solidaria con personas así, carentes de todo y necesitadas de consuelo y compañía como nosotros, pero

las buenas intenciones no duraron ni un minuto. Los espacios para dormir designados o las «habitaciones» que mencionó el policía estaban delimitadas por cuerdas y frazadas. La llegada de nuevos refugiados representaba una amenaza a ese espacio vital. Los nuevos éramos un fastidio, les quitábamos el pan y una posibilidad de conseguir un visado a cualquier parte del mundo.

Papá delimitó nuestra parcela. Una argolla en la pared y un rectángulo imaginario: esa era nuestra confortable habitación. Mejor estábamos en altamar a la deriva, dije, y papá me mandó a callar levantando el brazo y luego dándole un golpe al vacío, pero yo tenía que ir al baño y no podía darme el lujo de discutir con él. El camino era largo y oscuro. Hacía mucho tiempo que todo era complicado, sucio y engorroso. Me hacía pis y tenía que recorrer trescientos metros a tientas hasta llegar a un agujero en la tierra. Papá me llevó del brazo con la pompa y seriedad de quien lleva a su hija al altar. Le dije que se diera la vuelta para que no me vea y él se puso a silbar una canción de cuna. Fue difícil embocar, pero de todas formas mis zapatos ya estaban mojados por la lluvia de esa mañana y por la tormenta del día anterior y por el naufragio que casi nos sepulta.

Teníamos muy poca intimidad desde los tiempos del búnker, pero en el campo de refugiados teníamos todavía menos espacio para la soledad. Éramos muchos y éramos demasiados a la espera de largarnos de un continente ardiendo. Mientras tanto, entre el nacimiento de un deseo y el cumplimiento de un objetivo, la vida transcurría de manera incómoda, lenta y sin espacio para la fatiga. Teníamos que tener un ánimo cumpleañero. Eso decía mi madre. Yo no sé en qué consistía ese estado anímico porque hacía mucho tiempo que me había convertido en una figura geométrica. Empecé a culpar a mis padres por subirnos a ese velero. Me arrepentí hasta el último rincón de la galaxia por todas las maldiciones que pronunciaba cuando caminaba diariamente los seis kilómetros hasta la escuela. Esas caminatas ahora me parecían un paraíso. ¿Cuál era el propósito de venir a dormir a una caballeriza con mil quinientas personas? Allá estábamos bien, aburridos pero tranquilos y, sobre todo, completos. ¿Qué necesidad teníamos de seguir huyendo? Qué manía persecutoria la de mi padre.

Papá no se inmutaba. Pedía un permiso diario, salía a buscar pan, café, algo de comer, volvía, se sentaba, fumaba, esperaba. La vida era incómoda y asquerosa prácticamente todo el tiempo. Entre ser náufragos y ser refugiados, las opiniones estaban divididas. Por un lado, mamá decía que definitivamente prefería ser refugiada porque compartía sus inquietudes con gente en las mismas condiciones y porque no soportaba el mareo y los vómitos de altamar. Papá se identificaba más con un Poseidón o un Odiseo. Nuestra travesía con llegada triunfal a Venecia era un tema de conversación inagotable, un manantial de donde brotaban a chorros nuevas versiones y sucesos. Un día me pareció escuchar la palabra ballena cuando le contaba la historia del naufragio a un señor sin esposa ni hijos. Es para animarlo, me dijo cuando se dio cuenta de que lo oía.

Una mañana recibimos la orden de irnos a Roma. Volvimos al mismo camión que nos trajo al cuartel y las caballerizas. Subimos a un tren de carga sin ventanas y, aunque me faltaba el aire, mi verdadera y única preocupación era que no había un baño cerca. Papá, en la oscuridad del vagón, nos hablaba con entusiasmo y alegría del valor de la libertad. La libertaaaaad. Lo decía así, alargando la letra a, y lo repetía cada cierto tiempo con histrionismo. Yo quería un baño y estiraba el cuello en busca de aire, me apoyaba sobre el brazo de mi madre que, en vez de expresar protección, permanecía erguida, orgullosa, como si ella no perteneciera a ese cubículo construido para el ganado.

Nuestro nuevo campo de refugiados tenía un poco más de glamour que el anterior: era un estudio de cine que buscaba competir con Hollywood hasta que llegó la guerra y, en vez de actores, nos tuvieron que meter a todos los harapientos para interpretar nuestra propia película bélica. Así, yo fui huésped de este lugar, como más tarde lo sería Charlton Heston, pero por motivos distintos. Él para convertirse en Ben Hur y yo para soñar que era Lauren Bacall, Veronica Lake o Maureen O'Hara. Me daba pudor decirlo en voz alta, pero yo quería ser actriz. También pude, o quise, ser ingeniera, artista, doctora, arquitecta, pero estaba demasiado ocupada intentando curar mis heridas invisibles como para pensar en una dimensión, digamos, más terrenal de la vida. Nos habían arrimado, como se arrima el polvo con la escoba, hacia todos los rincones del mundo. En mi rincón del mundo yo era todas esas actrices fantásticas, una mujer poderosa que caminaba entre las caballerizas con más o menos dramatismo en función del personaje y la emoción que le quería imprimir a mi escena. A veces era una niña perdida en la guerra y hablaba con mis padres como si acabaran de adoptarme. Otras veces era la dueña de todo. De mí dependía que no les faltara nada a las personas que habitábamos en esos compartimentos construidos con los materiales de las escenografías de las películas. En mi mente paseaba por los intestinos de ese gran plató y otorgaba los alimentos y bebidas que los refugiados, tanto los niños judíos huérfanos como los heridos de guerra italianos, me pedían con desesperación. Era benevolente y compasiva, elegante, afectuosa, comprensiva y dadivosa, aunque no siempre interpreté un personaje tan empático. También me gustaba ser una líder que, por pura conveniencia y mezquindad, desplazaba a todas esas familias para construir una piscina y un hotel mediterráneo de acceso exclusivo para quienes yo elegía a dedo.

Me aburría muchísimo.

Papá volvió con dos promesas de futuro: Australia y Nueva Zelanda. Cada vez que lanzábamos una moneda al aire, yo rogaba que cayera del lado de Nueva Zelanda.

En el estudio de cine compartíamos el aire con familias desmembradas. ¿Cómo enfrentarían la vida ahora? Sobrevivir en soledad, viudas, huérfanos o mutilados, ¿podía considerarse una recompensa? Nosotros sobrevivimos, ¿a quién debía darle las gracias ahora? ¿A Dios? No estaba tan segura. Si Dios era realmente tan bueno como lo pintaban, ¿cómo permitió la carnicería que habíamos presenciado en la puerta de casa? ¿Cómo me podría haber separado de mi hermano y mi mejor amiga? Me surgían dudas sobre la creación sobrenatural del universo. Había algo milagroso en las estructuras celulares y en el comportamiento de los organismos vivientes, en el vuelo del pájaro y en el hecho de que la tierra viajara a miles de kilómetros y no se nos moviera ni el pelo. Pero ¿cómo era posible que el gran diseñador de la vida también nos hubiera inoculado toda esta maldad? ¿De qué lado estaba Dios cuando más lo necesitábamos? Habíamos sido expulsados de nuestro país, no teníamos contactos, no sabíamos a quién recurrir y teníamos que confiar en que las autoridades de algún punto del globo terráqueo se apiadaran de nosotros y nos dieran la bienvenida. Son pruebas, decía mi madre. Son piedras, decía mi padre. Yo leía la Biblia para encontrarles un sentido a todas esas pruebas y piedras de las que mis padres hablaban, pero encontraba pasajes de una crueldad igual o más monstruosa que nuestras escenas cotidianas. Devoraba con asombro y curiosidad —también con un temor geométricamente creciente— las aventuras y desgracias bíblicas y me parecían un catálogo de castigos rutinarios. En mis lecturas, Dios no solo condenaba a las madres a parir con dolor por la culpa de Eva sino que, en un ataque de ira como la que seguro le sobrevino en 1939, se arrepiente de su creación e inunda la Tierra. Menos mal estaba Noé para repoblarla. Luego, no contento con eso, mata a todos los primogénitos, castiga al que adore a otro Dios que no sea él, exilia a los que sufren enfermedades de la piel, lapida a lo blasfemos, permite la esclavitud, quema a las prostitutas y desata epidemias y plagas. Los constantes baños de sangre que brotaban a chorros de sus páginas me sumergían en el reino de la desesperanza y el pesimismo. Llegué al Segundo Libro de Reyes donde leí que Dios permitió que dos osos salieran del bosque para despedazar a un grupo de niños por haber llamado calvo al profeta Eliseo.

Nunca llamaré calvo a nadie. Ni gordo. Ni feo.

Justo al borde de la traición a mi propio nombre, el de la mujer con fe, y arrancadas ya varias páginas de la Biblia de pura rabia, Dios se acordó de nosotros. O eso fue lo que dijo mi madre.

Teníamos un pariente sacerdote y entre las gestiones de mi padre por sacarnos de ese lugar logró que escribiera una carta diciendo que éramos una familia de buenos católicos, trabajadores y honestos. Mi padre fue con la carta al Vaticano a pedir asilo en Nueva Zelanda. Era nuestra primera opción. Nos entusiasmaba la estampa de un lugar lo suficientemente lejos de las guerras y el comunismo. Mientras se redefinía nuestro destino, mamá y yo pelábamos cebollas y papas en la cocina. Por un saco entero recibíamos un buen trozo de queso: un manjar de los dioses que compartíamos en nuestra pequeña habitación de cartón.

Debió ser su desesperación por la llegada de una nueva guerra lo que hizo que papá se plantara en la Cruz Roja y no se moviera hasta que no le dijeran un destino posible. Aceptaría cualquiera, el que sea, le daba igual si era el Polo Norte o China. Le daba igual que no fuera la tierra prometida, que para todos era Nueva Zelanda.

¿Dónde queda Perú, papá? En el consulado le dijeron que era un país semisalvaje donde los locales se defendían con piedras y flechas. También le dijeron que no existían casas porque no tenían los materiales más elementales de construcción, pero había unas cabañas muy cómodas y podríamos tener de mascota a un mono o a un oso perezoso.

Yo, que de la selva tenía una imagen de palmeras y ríos caudalosos, imaginé una vida silvestre y brillante donde recolectaría los alimentos que cocinaría en un fuego a cielo abierto. Sucia y aventurera, con las rodillas peladas por domesticar a mis animales y arar la tierra, me educaría con disciplina en la interpretación de las constelaciones y las fuerzas de la naturaleza. Sería feliz en la barbarie.

Papá se impuso la misión de recolectar todo lo necesario para construir una casa. En el Perú de las fieras había hojas, árboles, tierra, selva, playa, monos y hombres con taparrabos, pero ninguna de las cosas que considerábamos obvias. Es decir, cosas y objetos en los que nunca nos habíamos detenido a pensar o agradecer: un techo, un baño, una cocina.

Con el poco dinero que papá y mamá tenían ahorrado compramos todo lo necesario para construir nuestra casa en Perú. Cada día nos acordábamos de materiales fundamentales. Papá y mamá mencionaban palabras que yo anotaba en un cuadernito: martillos, clavos, serruchos, herramientas en general. Maderas no, decía papá, pesan mucho y además allá tendremos muchos árboles. Machetes, en todo caso. Ollas y vasos para la futura cocina. Agujas, hilos y telas para confeccionarnos algo de ropa, hojas de afeitar y jabones, algunas cámaras fotográficas que, con un poco de suerte, podríamos vender a los exploradores y aventureros para ganar unas monedas. O lo que sea que intercambiaran en aquel sitio remoto al que partiríamos en breve. Sal, tal vez todavía negociaban con sal.

Nos dirigimos a Nápoles en nuestro servicio de lujo exprés alfombrado de estiércol con los cuatro baúles que contenían nuestro futuro. Era marzo, hacía frío y llevábamos puesta toda la ropa que encontramos para un largo y helado viaje. En cubierta los pasajeros se despedían de sus seres queridos en el muelle haciendo largos adioses y agitando pañuelos. Me apoyé en la baranda y busqué con la mirada a alguien que se pareciera un poco a Alex o a Misha.

Vi a una mujer igual a ella, pero en un futuro imaginado. Era mucho mayor y llevaba un bebé entre los brazos. Era alta, espigada y con el pelo revuelto. No podía alcanzar a verle la nariz, pero en mi corazón yo sentía que era ella a quien le agitaba los brazos, pidiéndole perdón por haber pensado que me había traicionado al no asistir a nuestra cita. Entonces vi a Alex sacudiendo una gorra. Por un segundo pensé que nos había encontrado, que había abandonado sus sueños heroicos y decidido acompañarnos a un nuevo planeta. Nuestras miradas coincidieron. Él corría hacia nosotros como queriendo alcanzar el barco y yo estiraba mis manos para atraerlo hacia mí. Tenía la sensación de que la guerra había sucedido en una semana, nuestros meses de refugiados en años y el naufragio aproximadamente en un siglo. No sabía cuánto tiempo nos tardaríamos en llegar a Perú, no sabía cuál era la distancia real entre mi patria y nuestra futura residencia en los árboles, pero tenía la sensación, o la tuve mucho después, de que no se medía en kilómetros sino en vidas, de que tendría que crecer, desarrollarme, morir y volver a nacer para verlos nuevamente. Algo muy pequeño tendría que transformarse en algo muy grande para que eso ocurra, una especie de organismo unicelular transformado en un Tiranosaurio Rex, algo realmente complejo y lento, muy lento. Entonces guardé mis brazos dentro del abrigo, apreté el ancho de mi cuerpo con los codos y sentí cómo un líquido gélido empezó a solidificar todos los músculos de mi cuerpo. Le di la espalda a la vida que dejaba atrás y dejé que mis pasos se dirigieran hacia los camarotes donde las mujeres dormiríamos separadas de los hombres en un espacio del tamaño de la uña del dedo meñique.

Durante las cenas, los platos se elevaban y la sopa de tierra desafiaba la gravedad al quedarse suspendida durante algunos segundos en el aire. No me importaba zarandearme, prefería eso antes que compartir el mismo aire con el resto de pasajeros de nuestra cabina. Así pasaban los días, sin que llegáramos a alguna parte, fortaleciendo vínculos con familias recortadas como la nuestra y entonando canciones patrióticas durante las comidas. Yo prefería quedarme hasta que recogieran el último tenedor del comedor antes de volver al horror del camarote. Hasta entonces había conocido distintas formas de hacinamiento, pero en la estrechez del camarote lleno de mujeres y berridos de niños conocí el verdadero significado de la claustrofobia. Me asfixiaba. Sudaba. Quería salir corriendo y lanzarme de cabeza al mar. Necesitaba respirar, expandirme. Era precisamente en este tipo de situaciones cuando Alex me mentía al decirme que todo estaría bien y yo me sentía mejor.

Salió el sol y nos acodamos en la baranda para sentir la inmensidad del mar, la misma que me despertaba terror por contener todas esas criaturas gigantescas deseosas de devorar nuestros ojos y lenguas. Al entrar en el Atlántico decidí confeccionarme un vestido más veraniego. Quería llegar con el atuendo adecuado a las costas americanas, algo más alegre y ligero como el espíritu salvaje que impregnaría nuestras nuevas vidas. Yo solo pensaba, o lo pienso ahora, en quién sería el primero en avistar la línea larga de tierra verde a lo lejos. Me daba mucha curiosidad saber cómo serían esas gentes nuevas y feroces. Mi vista volaba lejos, más allá del horizonte, hacia un futuro que yo imaginaba rural y lleno de desafíos físicos.

¿Ya estamos en Perú?, le pregunté al señor que tenía al lado. No, me contestó. Estamos en el Caribe. El Callao es mucho peor. Esto es el cielo comparado con nuestro triste destino. Nadie, salvo el capitán y la tripulación, podía saberlo a ciencia cierta porque nadie en cubierta había estado antes en Perú ni en ningún otro lugar que no fuera el pueblo donde nacieron o los pueblos de donde tuvieron que desplazarse consecutivamente, empujados hacia un nuevo mundo. Nuestro nuevo mundo era el Perú, ese país del que nunca habíamos oído hablar. Quienes viajábamos en el barco no teníamos la suficiente distancia para hacer una construcción retrospectiva de lo que había sido la guerra. La guerra, como decía mi eterno coronel Alex, fueron muchas guerras. No solo fue el conflicto demoníaco creado por un ser ambicioso y perverso, también fue una lucha sangrienta de nacionalismos y una guerra civil encarnizada entre la resistencia y las milicias. A una escala infinitesimal, estaban las tragedias personales, las vidas y familias rotas, desplazadas o incompletas. Nosotros tuvimos suerte, sobrevivimos, sin mucha alegría ni esperanza, pero llegamos vivos al otro lado del mundo, que en ese entonces era una hoja en blanco donde dibujaríamos una casa, un jardín y, con un poco de suerte, una mascota.

Leí la salvación en la cara de mi padre justo antes de tocar tierra, cuando ya todos los pasajeros avistaban el Callao con ilusión. Por primera vez en muchos días, desde que dejamos a Alex en el muelle, vi a mi padre emocionado. Finalmente, había logrado alejarse de manera definitiva de todo aquello que le había hecho daño, aunque algo quedara arrugado para siempre en nuestro interior. Una astilla, un fósforo encendido, un alfiler, una onda electromagnética, un olor, nada muy evidente en el exterior, nada que se notara en nuestros aspectos desfasados de la vida limeña ni en nuestra dificultad en pronunciar la erre, pero que, irremediablemente, nos hacía vivir con una permanente incertidumbre. Somos la suma de las decisiones que tomamos, aunque muchas de ellas no las tomemos por voluntad propia. Y si nos hubiéramos quedado, ¿dónde estaríamos ahora?, ¿cómo serían nuestras vidas?

18

No sé si es posible demostrar quién eres verdaderamente en otro idioma. Yo, por no dar explicaciones, prefería callar. Crecí al borde de un mar no de un océano, uno azul turquesa, pequeño hasta en su ferocidad y no inmenso y gris, reflejo de un cielo que nunca se abre como el limeño. Nunca comprendí los beneficios de comer pescado crudo ni de ponerle picante a todo lo masticable. No supe qué era un mochica hasta bien entrada la adultez y nunca creí en extraterrestres trazando figuras gigantescas de animales en la tierra. No he tenido cuidado cuando me decían que podían robarme, ponernos una bomba o reventarnos la luna del auto con una bujía caliente. No he sentido la violencia de un país crispado ni siquiera en la época del terrorismo y los apagones, y todo el tiempo que he vivido en Lima he procurado creer a pie juntillas lo que me decían, aunque lo que me decían solía tener matices, una verdad escondida, un prejuicio de soslayo.

Nada podía ser peor de lo que ya había vivido.

Le digo todas estas cosas a Angelita mientras desembarcamos en Piran y descendemos de un ferry de turistas españoles y alemanes que vienen a pasar el día desde Venecia. Nos acercamos a una cervecería en un pequeño patio con enredaderas de colores y nos sentamos a trazar un plan, rodeadas de casas todas distintas bajo el mismo techo terracota. Un grupo de ruidosos pescadores me trae el sonido de una lengua familiar, dormida en mi interior, que de pronto empieza a despertar y siento la necesidad de trepar por estas calles empedradas hacia una iglesia en la cumbre, ubicada entre las dos colinas que abrazan el pueblo. Las vistas me desconciertan. Todo esto era mío hasta que, un buen día, todo lo que era mío ya no estaba.

Ahora sueño en español, le digo a Angelita, pero al principio y durante mucho tiempo hablaba conmigo mismo en croata y, cuando esos pensamientos se convertían en palabras, sentía que la gente no me creía del todo, como si no saber la palabra adecuada te anulara la capacidad de comprensión y te restara verosimilitud. Eso es. Nunca me sentí verosímil. En el fondo, había algo que me avergonzaba. Ser diferente me avergonzaba un poco, ser distinta a los demás me angustiaba. Yo quería pasar desapercibida, pero era demasiado alta y tenía el pelo muy voluminoso. Yo quería hablar del club, del clima, del precio de las cosas, de nuestra clase política o del último escándalo nacional como los demás, pero todo aquello que los otros representaban de una manera natural para mí implicaba un esfuerzo gigantesco. Me sentía observada. No mires demasiado el fuego, Vera. Eso me repetía frente al espejo. Y trataba de no pensar, de ser feliz con la vida acomodada que Alfonso nos prodigaba. Hay un dolor que construye, que homogeneiza, que vuelve leve lo que en otras circunstancias podría resultar extremo, pero también hay un dolor que te puede llevar a la locura. Y yo no quería conducirme a ese lugar.

Cuando miras largo tiempo a un abismo, el abismo también mira dentro de ti. ¿Dónde leí esa frase? Creo que en alguna de las *Selecciones* que Alfonso coleccionaba y yo leía con gran entusiasmo, al menos las primeras páginas hasta que las recetas para ser feliz, los beneficios del brócoli o el extraño caso de los pájaros sin cabeza en cierto parque noruego me hacían caer en ese abismo que no debía haber mirado tanto tiempo. Ese abismo, ese fuego, a veces me aspiraba, me succionaba con tanta fuerza que tenía que arañar el suelo de madera para no salir volando por la ventana. Mis aspiraciones no eran gigantescas, Angelita. Al cabo de los años terminas por modificar la idea de la felicidad. Ya no es un lugar, un estado emocional, un ascenso en el trabajo, más dinero, un viaje o la paz mundial, sino algo mucho más sencillo: un plato hecho con amor, el sonido de las llaves de quien quieres en la cerradura, la luz de la mañana. Aun así, algunos días, me encontraba a mí misma paralizada frente al fuego y los abismos.

Con el tiempo todas estas sensaciones se fueron atenuando, me volví parte del paisaje, como una flor o una mesa. Con los años hay cosas que pierden energía o quizás es que uno se acostumbra, se deja llevar. Y yo me dejé llevar por un país, sus costumbres y una aspiración menor a la normalidad, a la pertenencia, a la quietud. Pero había una parte de mí que no conocerían, que solo sería mía, de mis padres, de Misha y Alex. Eso que vivimos, este lugar donde nos encontramos ahora mismo, solo será nuestro.

Angelita piensa que es hora de movernos, de bajar hacia la estación de buses y buscar algún transporte que nos lleve hacia el lugar de donde yo salí. Hemos dejado nuestras maletas en la cervecería y es ahí donde preguntamos cómo podríamos llegar a Rovinj. Una señora nos dice que casualmente va hacia allá, pero que tendremos que compartir el espacio con dos perros y una oveja. Todavía con lentitud le contesto en su mismo idioma, el mío, el de la hija pródiga que pronuncia con dificultad que nada la haría más feliz que abrazar a una oveja eslovaca.

Aunque solo nos separan cien kilómetros o menos, cambiaremos de país, mostraremos el pasaporte, nos pondrán un sello mientras la oveja bala y un guardia fronterizo me mirará a los ojos para decirme tres palabras en mi idioma que me retorcerán el estómago.

Bienvenida a casa.

Bienvenida a casa, pienso, al escenario de mi infancia, al de mis grandes descubrimientos, mis amores y mis pérdidas. Lo más importante que me pasó en la vida, me pasó aquí. En estas calles de piedra caliza, en este mar azul y transparente perfumado de arbustos de salvia, romero y lavanda donde, según Alfonso, dejé olvidado mi corazón.

Tengo que frotarme los ojos para reconocer cada detalle, cada puerta donde reí o lloré, cada virgen donde dejé grabados mis últimos rezos. Todos esos barquitos coloridos que hoy sirven para pasear turistas o traer pescado fresco a las tascas y restaurantes han cambiado la fisonomía de un lugar antes triste que ahora luce renovado y lleno de vida.

Angelita muestra un entusiasmo que yo al principio considero forzado, pero luego me resulta natural y hasta cómodo. Las calles empedradas le parecen la cosa más pintoresca que ha visto jamás y pregunta a los paseantes, en un croata inventado, dónde queda la residencia Porta Antica, a la que llegamos, finalmente, después de dar varias vueltas por el casco antiguo. Nuestra habitación se ubica en el tercer piso de una vivienda familiar que ha sido acondicionada para recibir huéspedes. Es un ático con un techo abuhardillado que me obliga a arquear la espalda cuando entro al baño. A través de tres ventanucos alcanzamos a ver ese mar tranquilo, testigo de siglos de historia. Al sur todavía se libra una guerra y nosotras tenemos solo una noche para recorrer las calles de mi pasado antes de tomar el ferry de regreso a Venecia y luego volar a París, que es la parte del viaje que le prometí a Misha alguna vez y, más tarde, a Angelita.

Salimos a dar un paseo por el pueblo y Angelita propone subir a la iglesia de Santa Eufemia. ¿Es ese el lugar al que Misha nunca llegó? Sí, le digo. Y este es el puerto donde dejamos a Alex para siempre. ¿Has vuelto a un lugar después de mucho tiempo?, le pregunto. Nunca me he movido, me dice. Nunca he tenido que huir de una guerra, a lo sumo me he mudado de distrito y quizás alguna calle antigua me parece que ha cambiado con el tiempo, que han construido edificios sobre casas y han puestos esos horribles neones donde antes había carteles pintados a mano, pero más allá de eso no he notado un cambio trascendental en nada, te diría que desde mi infancia. Tampoco es que Lima cambie mucho, ¿no?

Nos detenemos en una casa de piedra blanquecina con puertas y ventanas verdes porque Angelita se quiere hacer una foto para mandársela luego a su hijo Beto. Se coloca la mano izquierda en la cintura, ladea un poco el torso e inclina la cabeza quince grados antes de darle volumen al pelo con la mano derecha. Sentada sobre el primer peldaño de una escalera, una señora bastante mayor que nosotras acaricia a un gatito rosado que maúlla.

¿Tú conoces a Misha?, le pregunta. M-i-s-h-a. Y hace ademanes y gestos para tratar de explicar que hace muchos años Misha era una niña aunque ahora debería tener nuestra edad y vivir en este pueblo o tal vez se mudó, pero con toda probabilidad... bueno, realmente sin ninguna certeza de que exista una probabilidad, Misha llegó hasta aquí para huir de la guerra cuando tenía doce años. El problema es que nunca se encontraron y quién sabe si Misha se hizo vieja en este pueblo por si a Vera, que es ella, me señala, se le ocurría volver. La mujer niega con la cabeza, desconcertada y a punto de irritarse, pero yo igual, con vergüenza más que con esperanza, traduzco todo lo que Angelita ha dicho. La señora me mira fijamente. Se queda pensativa por unos segundos y luego me dice que suba hacia la iglesia por el costado derecho, que poco antes de llegar a la cima, ella recuerda, había alguien más o menos con esas características: alta, narizona, rubia y de nuestra edad a la que, probablemente, llaman Misha.

Yo le digo a Angelita que es imposible que esos atributos permanezcan en el tiempo. Tal vez ni siquiera es alta, en el hipotético caso de que siga con vida, porque su crecimiento quedó estancado debido a la desnutrición y, con toda seguridad, ya no sería rubia porque con los años, como bien sabrás, el pelo se oscurece y luego se pone blanco. Angelita me discute todo y dice que, en esencia, nadie cambia, que venimos al mundo con ciertas características que permanecen intactas y que si te fijas en las fotos de los bebés y las comparas con sus rostros adultos podrás comprobar que se estiran, se ajan, se hinchan, se comprimen, se reducen, se desmoronan, pero, en líneas generales, siguen siendo los mismos.

Mientras intentamos encontrar el pasaje que nos conducirá hacia la cima de la montaña donde vive Misha, veo a una mujer despojándose de una bata de felpa. Entrecierro los ojos hipermétropes e intento alcanzar los suyos. Nuestras miradas coinciden y me reconozco en su edad, en su tiempo, en su cuerpo todavía firme y en sus brazos largos. La mujer deja de mirarme y de un pequeño bolso saca unas gafas para nadar, se estira y baja por unas escaleras desde donde se lanza al mar.

Es por aquí, me dice Angelita, cuyos tacones resuenan en los estrechos y zigzagueantes pasajes. Hay ropa colgada en las ventanas, dos niños jugando al fútbol y el sonido de mi respiración retumbando entre las paredes de ese universo mío que existe y puedo tocar con mis propias manos. Angelita le pregunta a un vecino acodado en la ventana por Misha. El señor señala la montaña o la iglesia o algún punto mucho más alto del lugar donde nos encontramos. ¿Qué debería decirle si la veo? ¿Debería abrazarla? ¿Me reconocería? ¿Debería preguntarle por Alex? ¿Y si mi hermano tampoco está muerto?

Misha, ¿qué cambiaría en mi vida si nuestro encuentro tuviera lugar? ¿Borraría acaso todo el dolor vivido? Yo no quiero que ese dolor se borre, pienso, porque ese dolor profundo, ese temor irracional a vivir que me ha acompañado todo este tiempo, en cierta forma me ha construido y ha hecho de mí todo esto que también soy: una niña que finalmente crece y toma un avión, toma un tren, toma un barco, toma un auto con perros y ovejas y vuelve al lugar del que salió para intentar encontrar su corazón perdido entre los arbustos.

Llegamos a la cima, donde está la iglesia en la que dejé dos piedras en el lugar de mi última ilusión. Yo vuelvo a gritar su nombre como aquella vez en que no pudo escucharme y

Angelita se une a mi voz, pero ya no es una voz desgarrada ni triste sino liberadora y llena de esperanza. Quizás el viento le lleve su nombre, quizás Misha reconozca su nombre en el sonido de mi voz y salga por la ventana con el pelo desordenado y la mirada de las valientes.

A lo lejos, en el horizonte, la mujer que nada abre el mar en dos y en ese mar de mis antiguos temores encuentro ahora una calma infinita. Es ella, le digo a Angelita, es la nadadora. Y Angelita toma mi mano y bajamos corriendo como dos niñas en el patio de recreo. Nos tropezamos, arrastramos bolsas, botellas y ropa caída a nuestro paso, pero nada nos importa demasiado. Llegamos al lugar donde vi que la nadadora se despojaba de su bata de felpa y nos sentamos en una terraza contigua donde suena una música feliz. Pedimos una botella de vino blanco y algo de pescado, y vemos a la nadadora que se aleja cada vez más de la costa, como queriendo alcanzar el infinito.

Aquí la vamos a esperar. Y si no llega nos pedimos otra botella, me dice entre risas. Y yo también me río y por primera vez siento mi corazón latir en su sitio y por primera vez siento una pertenencia hacia todas las cosas a mi alrededor. Hacia Angelita, hacia la nadadora, hacia el mar, hacia la montaña y hacia el cielo que empieza a llenarse de colores imposibles. Siento, también, que estoy hecha de todas las personas que he querido, y de un inmenso y profundo amor.

Un amor que permanece intacto, aunque casi todo lo demás haya desaparecido.

Agradecimientos

Quiero agradecer a Andrea Pittaluga, Rossana Airaldi, Fiorella Battistini, Carlos Granés, Fietta Jarque, Joaquín Sabina y Morgana Vargas Llosa por el aliento, la insistencia, las sugerencias, la paciencia y el amor.
Sin ellos, esta novela nunca hubiera existido.

Este libro se terminó
de imprimir en
Móstoles, Madrid,
en el mes de
junio de 2024

«Para viajar lejos no hay mejor nave que un libro».
EMILY DICKINSON

Gracias por tu lectura de este libro.

En **penguinlibros.club** encontrarás las mejores recomendaciones de lectura.

Únete a nuestra comunidad y viaja con nosotros.

penguinlibros.club

penguinlibros